転生先が少女漫画の白豚令嬢だった

桜あげは

B's-LOG BUNKO
ビーズログ文庫

転生先が少女漫画の白豚令嬢だった

十二歳

十三歳

contents

キャラクター紹介
ブリトニー・ハークス
現実（80kg）
理想（40kg）
白豚令嬢
ハークス伯爵家の令嬢。前世で読んでいた少女漫画『メリルと王宮の扉』の悪役令嬢のとりまきだった。処刑ルート回避のため、死ぬ気でダイエットに励む！

リカルド・アスタール
ブリトニーの元・婚約者。伯爵家の次男。不器用で素直になれないが、根は優しい。
リュゼ・ハークス
ブリトニーの従兄。美しい容姿と柔らかな物腰で令嬢たちの人気の的。実は腹黒……？
転生先が少女漫画の白豚令嬢だった
マーロウ王太子
芸術肌で独特の感性の持ち主。美容に詳しいブリトニーに興味津々。

ハークス伯爵
ブリトニーの祖父。孫バカ。

ノーラ
弱気な令嬢。ブリトニーの友人。

リリー
リカルドの従妹。美少女。

アンジェラ
我が儘＆高飛車な王女。

イラスト／ひだかなみ

十二歳

1：あんまりすぎる転生先

私の前世の記憶《きおく》が蘇《よみがえ》ったのは、祖父経由で婚約破棄《こんやくはき》を言《い》い渡《わた》された瞬間《しゅんかん》だった。

同時に、ここが前世で大好きだった少女漫画《まんが》『メリルと王宮の扉《とびら》』の世界だと認識《にんしき》する。

ブリトニー・ハークス伯爵令嬢《はくしゃくれいじょう》――今の私も、その話の中の登場人物だ。物語の中盤《ちゅうばん》で話から消える脇役《わきやく》だけれど……

十二歳《さい》にして、八十キロを超《こ》える体重の肥満児ブリトニー。好きなものは、お菓子《かし》類や食べ物全般《ぜんぱん》。嫌《きら》いなものは運動という、典型的なデブキャラ令嬢。

色白でゆるみきった体と、大げさなほどぐるぐる巻いた黒髪《くろかみ》。脂肪《しぼう》に埋《う》もれた青い目、そして、すさまじく悪い性格。

漫画読者の間で彼女《かのじょ》は「白豚《しろぶた》令嬢」と呼ばれていた。

私は、自分のだらしない体を見下ろした。

（腹が出すぎて、足元が見えぬ……）

少女漫画の中で、群集《モブ》キャラの生《お》い立《た》ちは描《えが》かれていなかったけれど、自分がブリトニーになったからこそ、わかることがある。

（……こんな性悪《しょうわる》デブス、婚約破棄されて当然だよ!!）


『メリルと王宮の扉』――

前世で一世を風靡《ふうび》した人気少女漫画は、割とベタな内容だった。

メリルという下町暮らしの少女が、実は生まれてすぐに失踪《しっそう》した王女だと判明する。

王宮に迎《むか》え入《い》れられた彼女が、いろんな苦難に立ち向かいながら成長していくという王道ストーリーだ。

腹違《はらちが》いの姉や貴族令嬢たちによるいじめ、大好きな兄の死を乗《の》り越《こ》え、メリルは最後に女王となる。他国の王子との恋愛《れんあい》も、この漫画の見どころだ。

ベタさやわかりやすさが、少女たちだけでなく元少女だった大人にも受け、漫画とネット小説を読むのが趣味《しゅみ》という大学生の私も、その例に漏《も》れなかった。

人気作品のため、メリルが女王になる第一部が終了《しゅうりょう》した後、第二部が連載《れんさい》されることも決まっていた。

とはいえ、私は第二部を見る前に命を落としてしまったようで、その先の話は知らない。

この漫画の中で、私――ブリトニーの立ち位置は、メリルの意地悪な姉の取り巻きだ。

太った体を揺《ゆ》らして直接的にメリルをいじめ抜《ぬ》く、嫌《いや》な女たちの代表である。

しかし、愚《おろ》かなブリトニーは物語の半ばで姿を消す。メリルの姉は様々な悪事を働いており、隣国《りんごく》の王子にそれがバレそうになった際、ブリトニーは全ての罪をかぶせられ切り捨てられるのだ。それが原因でブリトニーは十七歳にして処刑《しょけい》、伯爵家は没落《ぼつらく》してしまう。

（処刑なんて、笑えないんですけど……）

当然だが、味方に切り捨てられた上で殺されるなどという道は歩みたくない。もちろん回避《かいひ》するつもりだし、その方法も考えている。

悪役であるメリルの姉の取り巻きたちには共通点があるのだ。

——全員が、メリルの姉よりも際立《きわだ》って醜《みにく》いこと
——彼女のいい引き立て役になり得ること
メリルの姉の容姿は、美形ばかりが揃《そろ》う王家の中では普通《ふつう》で、彼女は常にそのことを気にしていた。妹であるメリルに辛《つら》く当たるのも、「メリルの母が庶民で、その出自が気に入らない」という以外に、「下町育ちにもかかわらず自分よりも美しいから」という理由があったのだ。

デブキャラのブリトニーは、メリルの姉の自尊心を満たすという点に、大いに貢献《こうけん》していたことだろう。だから……

「とりあえず、痩《や》せて処刑を回避しよう。メリルの姉の取り巻きにならなければ、きっと大丈夫《だいじょうぶ》……！」

私は、社交界デビューするまでにダイエットし、体重を半分の四十キロにしようと決意した。

（たしか、前世の女子の平均体重がそれくらいだったんだよね）

ちなみに、十二歳のブリトニーの身長は同年代の少女たちよりも低く、百四十センチ台半ばだ。社交界デビューするのは早くて数年後、メリルの姉が最初の舞踏会《ぶとう》に出てくるのはもっと後。猶予《ゆうよ》は、まだある。

ところで、転生後の私には、両親がいない。前世の記憶の他に、私の中にはブリトニーとして生きてきた記憶も残っていた。

ハークス伯爵家の当主だった父は、ブリトニーが幼い頃《ころ》に人妻と駆《か》け落《お》ちして家を出て行き、その後の消息は不明。

身分の高い家の出だった母はそんな父の行動に気分を害し、伯爵家と縁《えん》を切って実家に戻《もど》り、他の貴族と再婚《さいこん》してしまった。

この少女漫画の世界の結婚《けっこん》には、愛よりも実利が優先されるのだが、時代の流れなのか恋愛結婚も増えてきている。昔のヨーロッパ風の世界観と似てはいるものの、全く同じというわけではない。

あくまでも、架空《かくう》のファンタジー作品であり、主人公のメリルも最後は好きな相手と婚約した。

今のハークス伯爵家を仕切っているのは、私の祖父――サルース・ハークスだ。人の好《よ》い祖父は現在五十五歳。少々頼《たよ》りないところがあり、よく金を騙《だま》し取《と》られたり、他人に借金を踏《ふ》み倒《たお》されたり、高額な商品を売りつけられたりしていた。しっかり者だった祖母はすでに他界している。

人としては、優《やさ》しく素晴《すば》らしい祖父であるが、伯爵家の当主には向いていない。彼《かれ》のおかげで、伯爵家の財政状況《じょうきょう》は大変苦しいのである。

領地は辺境にあり山と海に囲まれた田舎《いなか》で、これといった特産品もないような場所。かつては、名馬の産地として有名だったが、ここ最近は大きな戦《いくさ》もなく馬の需要《じゅよう》も減っている。港はあるが、岩場ばかりで海も荒《あ》れており交易には向かず、このままでは資金が増えることなどない。

破棄されてしまったが――私の婚約は、もちろん政略的なものだった。裕福《ゆうふく》な領地を治めている別の伯爵家に嫁入《よめい》りを果たし、資金面の援助《えんじょ》をしてもらう予定だったのだ。

ちなみに、ハークス伯爵家は将来従兄《いとこ》が継《つ》ぐ予定なので、跡取《あとと》りの心配はない。

婚約破棄のお詫《わ》びとして祖父は結構な額の賠償金《ばいしょうきん》、その他諸々《たもろもろ》を手に入れたのだが、私が嫁入りしていた方が後々のハークス伯爵家にとってはよかったと思う。断られてしまったものは仕方がないが……

破棄された理由は想像がつく。婚約相手の伯爵子息が、ブリトニーの容姿を嫌がったのだろう。直接会ったことはないが、ブリトニーが性格の悪いデブだというのは有名な話だ。祖父経由で婚約破棄を伝えられた後、私は部屋にある大きな姿見でまじまじと自分を見た。ブリトニーの容姿は、私が男でも婚約破棄したくなる醜悪《しゅうあく》さである。

なんせ、十二歳にして八十キロ超えの肥満令嬢だ。顔に浮《う》き出《で》るニキビも、見た目を悪化させるのに一役買っているし、デブゆえに体臭《たいしゅう》もきつい。

その上、祖父に甘《あま》やかされて育ったため、性格は我儘《わがまま》で頭は悪く世間知らず。趣味は食事と午後のお茶、新しいドレス選びなどの散財行為《こうい》、使用人いじめ。

(本当に……ロクでもないお子様だよな)

記憶が戻るまで、ブリトニーとして平然と生きてきた私は、激しい自己嫌悪《けんお》に陥《おちい》った。

しかし、悔《く》やんでいるだけでは何も解決しない。全ては、もう手遅《ておく》れなのだから。

(とりあえず、ダイエットして処刑を回避しなければ)

そして、使用人との関係も改善し、伯爵令嬢としての教養を身につけ、祖父の領地管理の手伝いができるようになれば将来も開けてくるだろう。気が遠くなるような難行だけれども……

婚約破棄されたショックで旅に出るとか、開き直って新しい仕事を始めるなどという方法も考えた。しかし、残念ながら今の私にその選択《せんたく》はできない。

こんな世間知らずの肥満少女が旅などに出ても、すぐに路頭に迷うことは目に見えている。または、悪い輩《やから》に見つかって、ドナドナされて身代金《みのしろきん》を取られるのがオチだ。

おまけに前世でも社会に出たことのない私は、秀《ひい》でた技術などを持っていなかった。

ブリトニーは、ごくごく平凡《へいぼん》な……いやおそらく平凡以下の能力しか持ち得ない肥満児という絶望的な状況だった。それに、私には、伯爵令嬢としての役目を放り出し逃亡する度胸はない。貴族は、意外と責任が重いのである。

だから、今回の回避策は「痩せて、主人公メリルの姉に目をつけられないようにする」という地味なものになった。

(目指せ、体重四十キロ!)

普通の伯爵令嬢として、第二の人生を普通に生きていく——それが、今の私の目標だ。


翌日から、私のダイエットが始まった。

まずは、伯爵家の専属コックのもとへと出向く。私と彼は、よく話をする間柄《あいだがら》なのだ。

理由は簡単。肥満児ブリトニーが、よく彼に新作の菓子をせびりに行ったり、料理の味付けに口出ししたりしに行くからである。

他にも、料理の品数を増やすように指示したり、夜食や間食の追加を要求したり……

普通は使用人経由で伝えればいいところを、このデブは自らコックのもとへ出向いて事細かに伝えるのである。コックもいい迷惑《めいわく》である。

ブリトニーは、とにかく食べることが大好きな令嬢。ゆえに、食へのこだわりが半端《はんぱ》ないのだ。

(思い立ったら、行動は早い方がいいよね)

私はさっそく、屋敷《やしき》の厨房《ちゆうぼう》へと向かう。まだ夕食の準備まで時間があるようで、綺麗《きれい》に片付けられた厨房の中は穏《おだ》やかな空気に包まれていた。もちろん、以前のブリトニーは、忙《いそが》しい時間帯でもお構いなしに現れては周囲を困らせていたのだけれど。

男性のコックはこの場所の責任者で、彼の下に手伝いの使用人が数名付いて食事の支度《したく》をしている。

「――というわけで、今後は食事量を減らしてください。内容も、野菜などのヘルシーなものを中心に……間食と夜食は、今日からやめます」

食欲旺盛《おうせい》なデブ令嬢からの意外すぎる言葉に、コックは訝《いぶか》しげな表情を浮かべた。

(まあ、普通はそうだろうな)

だが、それも予想していた私は、用意していた理由を告げる。

「今回の婚約破棄が、堪《こた》えたのです……」

「そうでしたか……それにしても、お嬢様《じようさま》。口調まで変わられて」

「私は、今までの自分に別れを告げたいのです」

単に、記憶が戻った際、ブリトニーの「~ですわ」、「~ですの」「~でしてよ」という口調に違和感《いわかん》を覚えたからという理由だった。前世では、そんな言葉で喋《しやべ》る人間はいない。

それに、できる限り今までのブリトニーと別人を演じたいという気持ちもある。

デブキャラのブリトニーは、今日から生まれ変わるのだ。

コックへの相談を終えた後は、運動の時間だ。

午後に控《ひか》えている家庭教師の授業も、きちんと受ける。以前のブリトニーは、授業をさぼりまくっていたけれど……

ドレスを脱《ぬ》ぎ捨《す》てて数少ない軽装に着替《きが》え、無駄《むだ》に広い伯爵家の庭でランニングを始める。辺境にある伯爵家の敷地《しきち》は、広大だった。

四季があるこの国で、今の季節は秋。運動するのにちょうどいい時期だ。

赤く染まった落ち葉が風に舞《ま》い、小動物たちが冬の準備を始めている。私は庭にある遊歩道を一周しようと決めていた。長すぎず短すぎず、ちょうど良い距離《きより》で円形になっているので走りやすい。

(それにしても、体が重いな……)

体重が重くなればなるほど、人の体は運動を拒絶《きょぜつ》するようにできている。少しの動作でも、体にかかる負担が増えるからだ。

デブのランニングを目撃《もくげき》した仕事中の庭師が、困惑顔《こんわくがお》で私を凝視《ぎょうし》し、通りすがりのメイドたちが、クスクスと忍《しの》び笑《わら》いを漏らしている。

(ちょっと、見えているんだけど……?)

だが、我儘で気難しく面倒臭《めんどうくさ》いお嬢様に声をかけることのできる人間は、その場にいなかった……いや、一人だけいた。

「そんなところで、何をやっているんだい？　ブリトニー？」

柔《やわ》らかくて耳に心地《ここち》よい声が、風に乗って聞こえてくる。

声のする方に目を向けると、同じ屋敷に住む従兄のリュゼが、遊歩道の向こうから手を振《ふ》っていた。

リュゼは、私の父の姉――伯母《おば》の息子《むすこ》であり、祖父の養子。つまり、次期ハークス家の当主になる人間だ。ブリトニーと同じ黒髪に、深い海を思わせる青色の瞳《ひとみ》を持つが顔立ちは似ても似つかず美男子である。彼は数年前まで王都にある貴族学校に通っていたのだが、今は伯爵家に住み、領主になるための勉強をしていた。

この国では、どうにもならない時のみ一時的な措置《そち》として女性が当主になることもあるが、家督《かとく》を継ぐのは主に男性である。

私より五歳年上の彼は、ハークス伯爵家の人間にしてはまともで優秀《ゆうしゅう》な青年だ。正直言って祖父よりもしっかりしているし、亡《な》き祖母に似て顔も良く性格も優しい。

そして、実はブリトニーは、この従兄に惚《ほ》れていた。「お兄様」と呼んでリュゼにまとわり付き、彼に言い寄る女性を常に牽制《けんせい》している。

だが前世の記憶が戻った今、不思議なことに従兄を好きだという感情は薄《うす》れてしまっていた。

前世の性格の方が、ブリトニーの意思に勝《まさ》っているのだ。

「こんにちは、リュゼお兄様……私のことは、お構いなく。痩せるためにダイエットして

いる最中なので」

　ゼエゼエと息を切らしながら、私は彼に答えた。

「ダイエット!?」

「はい。先日、婚約破棄されて気づいたのです。私は、痩せなければならないと」

　しかし、遊歩道を一周しただけで滝《たき》のような汗《あせ》が流れている。このぶんだと、あと一周走っただけでバテそうだ。

（どれだけ運動不足なんだよ、ブリトニー！）

　私は心の中で、以前の自分に向かって叫《さけ》んだ。そんな気持ちを知らないリュゼは、私に向かって優しく微笑《ほほえ》む。

「ダイエットだなんて。そんなことしなくても、ブリトニーは十分可愛《かわい》いのに」

「……それ、本気で言っています？」

「もちろんだよ」

　リュゼは青い瞳を煌《きら》めかせ、裏表のなさそうな笑《え》みを浮かべ続けていた。

（従兄の本心が読めない。このフゥフゥと荒《あら》い息を吐《は》く白豚が、可愛いだなんて）

　人の好いリュゼのこういうところは、少し厄介《やっかい》だと思う。

　ちなみに、彼は例の少女漫画には登場していない。出ていたとしても、主要人物ではないはずだ。こんなに目立つ容姿なら、私は嫌でも覚えているだろう。

「お兄様、私のことは放っておいてください。誰《だれ》がなんと言おうと、私は痩せると決めたのです」

処刑されたくないという理由ももちろんあるが、私自身がデブのままでは嫌なのだ。

デブとは、怠惰《たいだ》の象徴《しようちよう》——周囲がどう思おうと、私はそう思っている。

以前の私は、地味で目立たない女子大生だった。

漫画とネット小説を読むのが好きで、近所の薬局でバイトをしているという、ごく普通の二十歳《はたち》である。漫画などと同様に、ファッションや美容にも興味は持っていたのだが、地味顔で小心者だったため、それらを活《い》かして自らオシャレするということはなかった。せいぜい、家で趣味の石鹸《せつけん》や化粧品《けしようひん》作《づく》り、一人メイクショーに勤《いそ》しんでいたくらいである。

将来は漠然《ばくぜん》と、美容関係の会社で働きたいなどと思っていたのだが、その前に交通事故にあって命を失いデブに生まれ変わった。悪夢である……。

(だいたい、なんで転生先が白豚令嬢なの？　可愛らしい主人公や妖艶《ようえん》な悪役令嬢ならともかく、こんなデブキャラに転生するなんて聞いたことがないんだけど)

心の中でブツブツと文句を言いながら、私は再びランニングを続けようとした。

「それじゃあ、僕《ぼく》もブリトニーと一緒《いつしよ》に走ろうかな？」

私を観察していた従兄が、笑顔《えがお》で思いがけない言葉を発する。

「ええっ⁉　ですが、お兄様は忙しいのでは……？」

「今日の仕事と勉強は、全て終わったんだ。もちろん、剣《けん》の稽古《けいこ》もね」

「……素晴らしいですね」

やっぱり、リュゼは優秀すぎる従兄だった。

フゥフゥと見苦しい状態でノロノロと走る私の隣《となり》を、颯爽《さっそう》と駆け抜けるリュゼ。メイドたちが黄色い歓声《かんせい》をあげ、庭師が微笑みながら彼を見ている。

(……私の時とは、えらい違《ちが》いだな)

リュゼは、誰からも好かれる、理想の次期伯爵様なのだった。

「大丈夫？　ブリトニー。顔が真っ赤だよ？」

「ご、ご心配なく。慣れない運動で、体が悲鳴をあげているだけですので」

「……それ、大丈夫なの？」

リュゼは、心配そうな表情で、私の顔を覗《のぞ》き込《こ》んできた。

間近に艶《つや》めいた青い瞳が迫《せま》り、私は少しおののく。彼に対しての恋情《れんじょう》は消えたものの、美形のアップは心臓に悪い。

「へ、平気です、ゼェ、ハァ……余裕《よゆう》がないので、話しかけないでください」

庭を一周半走ったところで、私はガクリと膝《ひざ》をついた。

「うう……もう、無理」

ついに、両足がブリトニーの巨体《きょたい》を支えられなくなってしまったのだ。

(ここまで走っただけでも、頑張《がんば》った……よね？)

動けなくなった私は、リュゼにおんぶされて屋敷へ運ばれた。情けない、情けなさすぎる。そして、従兄は意外と力持ちだ。

リュゼとランニングをし、疲労《ひろう》から回復した後、私はすぐに部屋に戻って服を着替えた。

全身が汗でベタベタしている。

（リュゼお兄様は、涼《すず》しい顔をして、汗一つ流さずに走っていたのに……どうして私は全身が湿《しめ》っているの？）

汗を流してスッキリしたいところだが、この少女漫画の世界には風呂《ふろ》というものがない。

熱いシャワーも、もちろん存在しない。

風呂に入れるのは、一日一回。メイドがバスタブに湯を汲《く》み入《い》れ、それに浸《つ》かりながら体を洗う……いや、洗ってもらうのだ。伯爵令嬢でさえ、風呂は貴重。身分の低い人々の風呂事情は、推《お》して知《し》るべしである。

「ああ、汗臭い……体臭もきつい」

繊細《せんさい》な乙女《おとめ》である私の悩《なや》みは尽《つ》きない。

（これから午後の授業があるけれど、汗臭いままだし家庭教師に申し訳ないなぁ）

正直、走っただけでここまで臭くなるとは思わなかったのだ。おそるべし、ブリトニーの体臭。

（リュゼは、よくこんな状態の私を運んでくれたな……）

ドレスに着替え直した私は、メイドに髪《かみ》を整えてもらい、勉強机の前に座《すわ》った。

今日の授業は、歴史と刺繍《ししゅう》だ。勉強の苦手なブリトニーだったが、前世の記憶が戻ったことにより、歴史と刺繍くらいならなんとかなりそうである。

勉強嫌いのブリトニーの受ける授業は、歴史と刺繍、マナーとダンス、詩と音楽……それくらいに絞《しぼ》られている。

しかし、出来の方はお察しだ。

歴史の時間は昼寝《ひるね》の時間になり、刺繍はガタガタ、最低限のマナーは身についているものの、ダンスでは教師の足を踏みつけ骨折させている。詩の才能は壊滅《かいめつ》的で、歌や楽器演奏は、もはや公害のレベルだった。

最初は意欲に燃えていた教師陣《じん》も、ブリトニーのすさまじいダメさ加減を目の当たりにして、最近は少し投げやりになっている。

(もう少し早く記憶が戻っていれば……)

後悔《こうかい》するがもう遅《おそ》い、今から真面目に勉強するしか道は残されていないのだ。真面目に勉強したところで、才能を必要とする詩や音楽が改善されるとも思えないが……

歴史と刺繍の授業を終えた私は、夕食を食べるためにダイニングへ向かった。

長方形の部屋の中に、縦に長いテーブルがあり、その上には今日の食事のための皿が並べられている。壁《かべ》やテーブルに設置された燭台《しょくだい》の明かりが、薄ぼんやりと部屋の中を照らしていた。

伯爵家では、夕食は家族全員で食べるという決まりがある。家族といっても、祖父とリユゼと私の三人だけのこぢんまりとした食事だ。

もちろん、周囲に使用人はいるが、彼らは壁と一体化して気配を殺している。

私は、今日一日の自分の出来について考えながら食事を始めた。目の前に置かれているのは、カラフルな野菜の盛られた美味《おい》しそうなサラダだ。

家庭教師による本日の授業は、概《おおむ》ねうまくこなせたと言っていいだろう。

初老の男性歴史教師は、私が変なものを食べたので眠れないのではないかと心配し、刺繍の若い女性教師は、突然《とつぜん》上達した生徒の腕前《うでまえ》を見て、才能が開花したのだと喜んだ。

(それはさておき、まだ課題はあるんだよね)

私は祖父に授業の追加をお願いするつもりだった。伯爵家の人間として必要な地理、経済、政治などについて最低限の勉強はしておきたい。

(これから先、社交の場でも話題に上るだろうし……恥《はじ》はかきたくないもの)

この白豚を呼んでくれるような場所があるかはわからないが、いざという時のために準備しておきたい。

食卓《しょくたく》に並べられた私専用の特別メニューを見た祖父とリュゼが、パチパチと瞬《まばた》きをしている。まるで、目の錯覚《さっかく》が起きているとでもいう風に。

今日の私の食事は、コックに頼《たの》んでおいた通りのヘルシー料理だ。野菜を中心に、油は控えめに、量は少なめに作られている。

今までも、ブリトニーだけ特別メニューということは多かったが、大抵《たいてい》は高カロリーのこってりした特盛《とくもり》メニューだった。

「ブリトニーや、どうしたんだい。お腹《なか》の調子が悪いのかい？」

急に食の細くなった孫を心配した祖父が、気遣《きづか》わしげな視線を向けてくる。

（違うのよ、そうじゃないのよ、お祖父様）

私は、慌《あわ》てて言い訳をする。

「ダイエットを始めただけで、いたって元気ですよ。太りすぎは体に良くないので、痩せることにしました」

婚約破棄云々《うんぬん》という説明は、祖父には言わない方がいいだろう。彼は可愛い孫がふられたことに、当人以上にショックを受けているのだ。

「でも、そんな食事じゃお腹が空《す》いてしまうよ。あとで、お菓子をたくさん用意してあげよう」

サルース・ハークス伯爵は、とことん孫に甘いお祖父《じい》ちゃんであった。

（でも、今は、その優しさは逆効果。夜のお菓子なんて、言語道断……！）

これ以上、体重を増加させるわけにはいかないのだ。

「お祖父様。お気持ちだけで十分です」

祖父の好意を断るのは心苦しいが、仕方がない。私は、無心になって芋虫《いもむし》のごとく野菜を頬張《ほおば》るのだった。

（別に野菜が好きというわけではないけれど、健康的なダイエットには欠かせないものね）

　そして夜、待ちに待った風呂の時間がやってくる。バスタブに浸かった私は、使用人にたるんだ巨体を洗ってもらった。ブリトニーの体積で外に溢《あふ》れないよう、お湯は少なめに入れられている。

　記憶が戻った今、他人に洗ってもらう行為に若干《じゃっかん》の抵抗《ていこう》はあるが、伯爵令嬢として諦《あきら》める他ないだろう。それにしても、面積の広いブリトニーの体を洗うのは大変そうだ。使用人が二人がかりで、必死に両手を動かしている。

（昼間かいた大量の汗は綺麗になったかな。もともとの体臭はどうにもならないけれど）

　しかし、贅沢《ぜいたく》を言ってはいけない。私は伯爵令嬢であるだけ、マシなのだから。

（今、私の体を洗ってくれている使用人たちは、冷たい水に濡《ぬ》らした布で体を拭《ふ》くことしかできないものね）

　ハークス伯爵家で風呂に入れるのは、祖父とリュゼ、私だけなのである。

　風呂から上がった私は、寝巻《ねま》きに着替えてベッドに横になった。たくさん運動したにもかかわらず、なかなか寝つけない。

「……お腹が空いた」

　デブの体は、さっそく食べ物を求め始めていた。予想はしていたが、ヘルシーメニューだけではブリトニーの体は満足しないらしい。

　いつも、夕食の後に夜食やお菓子を食べまくっている白豚令嬢が、あんな食事もどきで腹を満たせるわけがなく、ゴーゴーと大きなウシガエルの鳴き声に似た音が、腹の中から何度も響《ひび》いてくる。

「が、我慢《がまん》だ……」

ここで食べ物を口にしてしまうと、今日のランニングやヘルシーメニューが無駄になってしまう。ブクブクと醜く太り続け、メリルの姉に目をつけられるわけにはいかない。

目を閉じれば、脳裏《のうり》に浮かぶのは甘いケーキや脂《あぶら》の乗ったジューシーなステーキ肉。

(うう、食べたい。でも、食べては駄目《だめ》!)

私は、心を無にして眠《ねむ》りにつくのだった。


夜中、ひときわ大きなウシガエルの鳴き声で、私は目を覚ました。どうやら、この脂肪の乗った腹は、一晩中鳴り続ける気らしい。

「あ、あれ……?」

ふと周囲を見回して違和感に気づく。私は見慣れない部屋に立っていた。

薄暗いその場所には無数の戸棚《とだな》があり、窓から入った月の光が、火の消えた暖炉《だんろ》や綺麗に磨《みが》かれた鍋《なべ》を映し出す。

「ここ、私の部屋じゃなくて……厨房だ!」

いつの間にか、私は部屋を抜け出して厨房まで移動していたようだ。そして、目の前に見える大きな扉は、食材の保存庫のものである。

(もしや、私はひとりでにここに来て、食料を漁《あさ》ろうとしていたの?)

無意識に何かを食べてしまったのではないかと、慌てて手や口周りを確認《かくにん》する。

(手には何も持っていないし、口の周りには何もついていない。舌の上に食べ物の味も残っていない。セーフだよね……?)

私は慌てて回れ右をし、そのまま部屋に直行した。

おそるべし、夢遊病!

おそるべし、デブの食への執念《しゅうねん》!


翌日、私は爽《さわ》やかな従兄の声に起こされた。

醜いデブ令嬢とはいえ、ブリトニーも女性の端《はし》くれだ。紳士《しんし》的なリュゼは、女性の部屋に入ってくるような真似《まね》はせず、扉の外から声をかけている。

「ブリトニー、今日は授業のない日だろう?　少し出かけないかい?」

「はい、リュゼお兄様。すぐに支度します!」

外出は運動するのにちょうど良く、引きこもり令嬢のブリトニーが遠出する貴重な機会である。記憶が戻ったことにより、私の中のブリトニーの感情は薄れてしまっている。今のブリトニーを構成しているのは、ほぼ過去の私の性格だ。

もちろん、ブリトニーだった時の記憶は残っているし、ブリトニーの本能に抗《あらが》うことができず、夜中に厨房に辿《たど》り着《つ》くことはあるけれど。

「さて、準備完了《かんりょう》……」

動きやすいドレスに着替えた私は、急ぎ足でリュゼのもとへ向かった。

「おや、どうしたんだい、ブリトニー。今日は、ずいぶん支度が早かったね。外出の誘《さそ》いに乗ってくるのも珍《めずら》しい」

「……自分から誘っておいて、それはないでしょう、お兄様」

けれど、今までのブリトニーの行動に基づいた発言なので、彼を責めることはできない。引きこもりブリトニーは、外出が大嫌いなのだ。そして、外出する際には、半日ほどかけて支度をするのだ。どれだけ着飾《きかざ》っても太った外見は変えられないというのに、本当に今までの私は……馬鹿《ばか》だった。

祖父はともかく、リュゼが未《いま》だに優しく接してくれることが謎《なぞ》すぎる。

「今日は、近くの山の方に出かけようと思うんだけど」

リュゼが爽やかな笑顔でこの日の計画を語った。

「まあ、それは楽しみです」

「それで、馬に乗って行こうと思うのだけれど」

「まあ、乗馬は不安です」

というのも、ブリトニーが八十キロを超える肥満令嬢だからだ。

この領地にいるだいたいの馬は、百四十キロまでの荷しか運ぶことができない。仮にリュゼの重さを七十キロだと想定すると、合計体重は百五十キロ。馬が潰《つぶ》れてしまう……。

ブリトニーの体は制限が多い。ついでに、このデブは乗馬技術も持たないので、一人乗りなんて論外だった。

「心配いらない。僕の馬は外国生まれで力の強い品種だし、百八十キロの荷物だって運べるから二人で乗っても平気さ。それに大人しい気性《きしょう》だから、怖《こわ》くないよ」

言外に肥満児が乗っても大丈夫だと告げられ、私は安堵《あんど》する。

「本当ですね？　重い私が乗っても、馬は無事なのですね？」

私がそう言うと、リュゼは意外そうな顔をした。

（ああ、そうだった。大事なことを失念していた）

今までのブリトニーは、自分が太っていることを決して認めなかったのだ。デカい図体《ずうたい》を棚《たな》に上げて、周囲に「美人」と言わせることを強要していた。

馬の心配なんて、もちろんしない。今だって、本来ならばリュゼの言外の意味に気づかなかっただろう。それくらい、私は愚鈍《ぐどん》だったのだ。

「いや、そういう意味じゃなくて……二人乗りをしても大丈夫だという意味で」

リュゼが、慌てて従妹《いとこ》のフォローをする。

「心配しなくても、普通の令嬢よりも太いという自覚はありますよ。馬が平気ならいいのです……出かけましょう」

「あ、ああ、そうだね」

ハークス伯爵領の馬は、細くて足の速いものが多い。対する外国産の馬は、足は遅いが丈夫《じょうぶ》で重い荷物を運ぶことができる……らしい。

とか。

二種類の馬を交配させたいと考えたリュゼが、友人から外国産馬を譲《ゆず》ってもらったのだ

はっきりわからないのは、ブリトニーが領地の勉強をサボってきたせいだ。今までの己《おのれ》の所業が悔やまれる。

「ブリトニー、なんだか雰囲気《ふんいき》が変わったよね」

「そうですか?」

「うん。急にランニングなんて始めたし、夕食の量も内容も極端《きょくたん》に変わってしまった。大好きなお菓子も、全然食べていないみたいじゃないか。今日だって、すぐに外出の準備を終えてしまったよね」

「……ま、まあ。最近、健康に目覚めまして。運動がしたかったので」

「健康って……まだ、十二歳なのに」

「えっと、婚約破棄されたこともありますし、このままではいけないかなと思いまして。痩せるために、体を動かしたかったのです」

私は、むにゃむにゃと言葉を濁《にご》しながら足を進める。少女漫画のことをリュゼに話してもいよいよ頭がおかしくなったと思われるだけだ。

従兄と一緒に庭を移動すると、黒くて逞《たくま》しい大型の馬が、馬小屋の隅《すみ》に繋《つな》がれていた。あれに乗るようだ。

「よいしょっ……と」

リュゼが、私を持ち上げて馬に乗せる。

なんと……！　彼は体重八十キロの私を軽々と抱《だ》き上《あ》げた！

ランニング後に運ばれた時もそうだったが、この細い体のどこにこんな力があるのだろうと思ってしまう。

「リュゼお兄様は、力持ちですね。この私を持ち上げるなんて……」

「王都にいた時に体を鍛《きた》えていたんだ。それに、ブリトニーはとっても軽いよ？」

(嘘《うそ》だ。いくら紳士的なリュゼお兄様でも、その言葉には無理がある)

心の中でツッコミを入れつつ、私は久しぶりの乗馬を楽しんだ。馬に乗るのは、幼い頃以来だ。ぶくぶくと太りだしてからは、ずっと二人乗りなんてできなかった。

(今日は、お兄様に連れ出してもらえてよかったな)

とはいえ、馬が潰れるのではないかとハラハラする気持ちは抑《おさ》えられない。

「ブリトニー、馬が心配？」

「もちろんです。こんなに大人しくていい子を、骨折させたくありませんから」

私たちが話している間も馬は歩き続け、短い草がそよぐ山の麓《ふもと》で足を止めた。

この場所は、町から少し離《はな》れていて静かだ。草原には、ところどころ岩がむき出しになっている場所があり、その周りは赤土に覆《おお》われている。

目の前にそびえる小さな山は火山らしいが、ここ数百年間は大噴火《だいふんか》をすることはなく、小規模な火山活動すら起こっていない。とりあえず、安全だと思う。

馬から私を抱き下ろしたリュゼは、腰《こし》は痛くないかと気遣ってくれた。

「問題ありません、楽しい乗馬でした。ありがとうございます、リュゼお兄様」

きっと、ブリトニーの尻《しり》の脂肪が、振動《しんどう》を緩和《かんわ》してくれたに違いない。乗馬中も、あまり痛みは感じなかった。

馬から下りた私は、リュゼの隣に立って周囲を見回す。近くには小さな池が点在しており、馬は勝手に移動して水を飲んでいた。

「池がたくさんあるのですね……」

「そうだね。昔、山が噴火した後に水が溜《た》まったんだろうね。といっても、飲める水は少ないけど……火山地帯だから、水の中に有害な成分が混ざっていることが多いんだ。でも、あの馬が水を飲んでいる池は、大丈夫なんだと思う」

「へえ、馬は賢《かしこ》いですね」

馬が水を飲んでいる透明《とうめい》な池の他に、赤褐色《せっかっしょく》に濁った池がある。興味を持った私は、池の淵《ふち》にしゃがみ、中に手を突《つ》っ込《こ》んでみた。

池の中の水は、錆《さ》びた鉄のような匂《にお》いもするけれど、適度に温かくて気持ちがいい。

「この色に香《かお》り……まるで、温泉みたいです」

「おや、ブリトニーは、温泉を知っているのかい？　そんなものに興味を示すなんて、珍しいね」

「……ええ。えっと、何かの書物で読んだような気がします」

普通の令嬢――特にブリトニーのような引きこもり気味の令嬢は、天然の温泉など知らないだろう。私は適当にごまかした。

「君の言う通り、これは温泉だよ。ハークス伯爵領には、このような池がいくつもある。他の領地にも温泉があるけれど、ここことは違って海辺に湧《わ》いているみたいだよ」

「リュゼお兄様は、物知りですね」

ここの温泉は、池の中から湧き出しているようだった。小さな岩の隙間《すきま》から、コポコポと温かい泡《あわ》が出ている。それを見ていた私は、ふといいことを思いついた。

「あの、ここの温泉水を街まで引いたりはできないでしょうか？」

「えっ……急に、どうしたの？」

「ええと、お風呂代わりに使えるのではないかと思いまして」

リュゼは一瞬《いっしゅん》、「何を言っているんだ、このデブ」という目で私を見る。だが、彼の表情は、すぐに微笑みに変わった。

（仕方がないか……）

おそらく、この世界では「温泉を引く」という発想がないのだ。

（だって、この領地には水路すらないのだから！）

あの少女漫画にも、温泉描写《びょうしゃ》は出ていなかった。この世界の風呂は、バスタブに沸かしたお湯を汲み入れるのみ。温泉の効能も知られていないし、わざわざ温泉に入るためにここまで通う人間もいないのだろう。

「ブリトニーは、変わったことを言うね。確かに、動物が温泉に浸かっている光景を見ることは多いけれど、風呂代わりにするとは」

「ええとですね……私たちのような貴族は別として、庶民《しょみん》はお風呂に入れないじゃないですか。寒い冬でも、冷たい水に布を浸《ひた》して体を拭くのみです。衛生的にも良くないと思いませんか？」

ハークス伯爵領では、寒さの厳しい冬になると病《やまい》で亡くなる人間が多い。

もっともな理由を述べるが、運動後の私がいつでも気兼《きが》ねなく入れる風呂が欲《ほ》しいというのが本音だったりする。ついでに、町の人々の健康も守れれば一石二鳥だ。

私は、リュゼに、町に公衆浴場を作れないかと提案した。たしか、昔々のヨーロッパでそんな浴場があったと思う。技術方面に疎《うと》い私には、その詳細《しょうさい》までわからないが……

「仮に、その浴場とやらを作っても、庶民がそこを風呂として利用する保証はない。彼らは僕らと違って風呂に入る習慣なんてないから、無用の長物になるのではないかな？　それに、そういった施設《しせつ》を作るのにはお金がかかるけれど、うちは貧乏《びんぼう》領地だからね。今のところは難しいかな」

王都でも、ハークス伯爵家周辺でも、自然に湧いている温泉に浸かる人はいるけれど、一般《いっぱん》的ではないらしい。

「……そうですね、ごもっともです」

やはり、現実的に難しいらしく、私はシュンと肩《かた》を落とす。

そんな私を見つめつつ、従兄が口を開いた。

「ところでさ、地下から温泉が出る場所があるんだけど……畑に撒《ま》くには温度が高いし、火山の成分が混じっているから誰も使わなくて、そのまま川へ垂れ流されている。ブリトニー、要《い》る？」

「……えっ、欲しいです！　そこは、うちの土地なのですよね？」

「もちろん。屋敷の敷地内だからね。帰ったら、お祖父様に相談してみよう」

リュゼは、やっぱり私に甘い。彼がどうしてこのデブに優しいのかは、漫画に登場していなかったので未だに謎だ。

「ブリトニー、温泉は引かないけれど、水路はいずれ整える予定だよ。僕も、この領地の衛生状態を良くしたいと思っているし、そのために王都で勉強してきたんだ……今は資金不足で手が出ないけれど」

「そうだったのですね、さすがリュゼお兄様です」

「……君、本当に別人みたいになったよね。以前は、部屋にこもってお菓子を食べているだけだったのに。領地のことなど考えもしなかったし、もっと……」

「もっと、なんでしょう？」

私が続きを促《うなが》すと、従兄は目を逸《そ》らしつつ言葉を濁した。うん、悪口の類かも。

「とにかく、君が成長してくれたみたいで、僕は嬉《うれ》しく思う」

「ありがとうございます？」

「今の君なら、安心してお嫁に出せるね」

「えっと、嫁……ですか？」

唐突《とうとつ》に嫁入りの話を出されて困惑した私は、戸惑《とまど》いがちに従兄を見た。

「ああ、もちろん、数年後にという意味だよ？　君は、まだ十二歳だから」

「びっくりしました……なるべく、金持ちの家に嫁《とつ》げるように頑張りますね。今のままでは、婚約なんてできそうにないですが」

そう答えつつ、私はリュゼに疑惑《ぎわく》の目を向けた。聡《さと》い彼は、ブリトニーが自分に好意を向けていたことを知っているのだろうか……？

知っていて、今の言葉を吐いているのなら、従兄に対する評価を改めなければならない。

彼は、決して優しいだけのリュゼお兄様ではないと。

「僕も同意見で、ブリトニーの行き遅《おく》れを心配していたから、近々君を家から出す予定だったんだ。早く伯爵領を継ぎたいけれど、君が家を出ない限りお祖父様は君の立場を心配して僕に領主の座を明け渡してくれない。お祖父様は優しくて人間的に素晴らしい方だけれど、領地経営には向いていないと思う」

リュゼは、青い瞳で私をじっと見つめながら話を続けた。

「婚約話とは別に、いい話もあるよ。王都でできた知り合いの妹が、話し相手を募集《ぼしゅう》していてね。僕はブリトニーを推薦《すいせん》しようと思っていたんだ。手当だって出るし、君の成長にも繋がるかと思って。そういう話ならと、お祖父様も賛成してくれていた」

「話し相手？　一体、どなたのですか？」

「この国の王女、アンジェラ様だよ」

告げられた名前を聞いて、私は息を飲む。

（出たー！　アンジェラ！）

それは、『メリルと王宮の扉』に出てくる主人公の意地悪な姉の名前だった。

（なるほど、こうしてブリトニーは、メリルの姉、アンジェラの取り巻きになったのか）

こんなに早くから取り巻きフラグが立っていたなんて、少女漫画の世界は恐《おそ》ろしい。

私は、ガクガクと太い足を震《ふる》わせながら従兄に訴《うった》えた。

「お兄様、私……王都へは行きたくありません！　家を出る必要があるのなら、他の方法で出たいと思います！」

「でも……」

「お願いします。王都へ行く以外なら、なんでもしますから！」

「ブリトニー……そんなに、王都へ行きたくないの？　いい話だと思うけれど」

顔を覗き込まれ、私はブンブンと短い首を縦に振る。命がかかっているのだ、ここで折れるわけにはいかない。

「嫌なのです！　ですが……こちらからお断りするとなると、まずいでしょうか？」

「それは大丈夫。王女様の近くに侍《はべ》りたい人間は、いくらでもいるから。今回も、まだ打《だ》診《しん》されたに過ぎないし」

「そうなのですね。では、『ブリトニーは馬鹿すぎて、王女様の傍《そば》に仕えると失礼なことを仕出かしそうです』と、お伝えください。ああ、でも、私が城に行けば、多額の報酬《ほうしゅう》が出るのでしょうか？　だとしたら……」

この領地は、ただでさえ収入が少ない場所。しかも、経営下手な祖父のせいで、借金も嵩《かさ》んでいる。私が断ることで、本来なら得られるはずだったお金が、手に入らなくなってしまうかもしれない。

「ああ、それはないから心配しないで。報酬は君の手当だけだし、王女様といい感じに繋がりが持てればなあと思っただけだから……」

「リュゼお兄様の損になることはないのですか？」

「ないない。王都でできた知り合いというのは、この国の王太子なんだ。僕は、もともと彼と仲良くさせてもらっているし、今は王女様まで手を伸《の》ばさなくても困らない」

「……でしたら、私は、王都へ行きません」

「そっか……そんなに嫌なら、とりあえず行かなくてもいいよ。でも、意外だなあ。君なら、喜んでこの家を出て行くかと思ったのに。王都なら、流行のドレスやお菓子がたくさんあるし、王女の取り巻きになれれば、貴族令嬢の中でも威張《いば》っていられる」

「私は田舎に慣れているので、王都は落ち着かないと思います。できるだけ、早く家を出られるよう頑張りますから」

私がこの地にいる限り、リュゼは領主になれない。祖父は、私の行く末を心配してくれており、だから王女の取り巻きになる件も喜んだだろう。

リュゼは領地を継ぐために祖父の養子になっているが、彼の実の両親（私の父の姉とその夫）は少し欲深く、リュゼが伯爵になった後に得られる利益を当てにしている部分があった。彼らに私がないがしろにされるのではないかと、祖父は心配してくれている。

「今の君を見て、僕も少し考えが変わった」

「リュゼお兄様？」

目を細めた従兄は、私をまっすぐ見つめた。間近に美しい顔が迫り、またもや落ち着かない気持ちになる。思わず目を逸らすと、彼の肩越《ご》しに見える空が、薄い青から灰色へだんだん色を変えていくのが見えた。

「天気が悪くなってきたね。そろそろ、戻ろうか」

「は、はい……」

私は来た時と同様に、リュゼに持ち上げられ、馬に揺られて帰路につく。

（馬よ、再びごめんね）

私は、従兄が操縦する黒い馬に腰掛けながら、心の中で謝《あやま》った。

伯爵家へ戻る道すがら、リュゼは話を続ける。

「今回の王都行きの話は断るけれど、僕は早く領主になりたいと思っている。いつまでも、君が出て行くのを待てるわけではない」

「はい、そうですね」

彼の言うことは、もっともだ。私がこの屋敷にいる限り、彼は伯爵になれないのだから。

「そこで、提案があるんだ」

「なんでしょうか？」

「あと三年で……ブリトニーが十五歳の誕生日を迎えるまでに、婚約者になれるような相手を見つけることができたなら、僕は君を王都に出さない。それまでは伯爵になるための勉強を続けながら、君の成長を見守るよ」

「十五歳までに、それができなければ……？」

「予定通り、アンジェラ様のもとか、他の上位貴族の話し相手として王都へ出向いてもらう」

従兄が彼なりに私の身を案じてくれているのはわかるが、それは結構無理のある提案だった。

「お兄様、せめて、十七歳までというわけにはいきませんか？」

無茶な条件を緩和すべく、従兄に期限を延長してほしいと訴えてみたが、彼は艶めいた表情を曇《くも》らせて渋《しぶ》い顔をする。優しい表情を崩《くず》さないリュゼだが、ここで折れる気はないようだ。

「ブリトニー。僕は、なにも君に結婚しろと言っているわけではない。あくまで婚約者になりうる可能性を持つ相手を見つけることができれば……という条件に抑えている。悪い話ではないと思うよ」

リュゼの言うように、本来なら悪い話ではないかもしれない。ブリトニーが、生まれながらに清らかな心を持つ美人令嬢であればの話だが。

（現実は厳しい……）

この貧乏領地のデブ令嬢を娶《めと》ってくれる相手なんて、よほどの物好きしかいない。

そして、金とそれなりの身分を持ち、デブが好きという特殊性癖《とくしゅせいへき》を持った年頃の男子が身近に存在する可能性も、限りなく低い。

「その提案、お受けしなければならない……ですよね？」

「本当は、問答無用で君を王都に出す予定だった。でも、今の君なら、婚約できる可能性があるんじゃないかと思うんだ」

「リュゼお兄様。もし、私が提案に同意したものの、ダラダラと三年間伯爵家に居座《いすわ》って、その後もお祖父様を丸め込んで、出て行かないという行動に出たらどうするのです？」

「その時はその時だね。とても困るけれど、ブリトニーがその気なら僕にも考えがある」

「……冗談《じょうだん》です。お兄様、目が怖いです」

私は、彼から顔を逸らしてため息をついた。

（やっぱり、リュゼお兄様は、ただ優しいだけの従兄ではない）

どうしようもない従妹に優しくするのも、期間限定だと思えば耐《た》えられるし、敷地内に湧く温泉を気まぐれで一度私に与《あた》えたとしても、すぐに戻ってくる。

リュゼの優しさは、きっと打算に基づくものだ。彼の本心はわからないけれど、言動から察するに、そんなところだと思う。

（はあ、地味に傷つくなあ……）

私だって人の子なので、他人には打算抜きで優しくされたい。それが、血の繋がった従兄なら尚更《なおさら》だ。

でも、今までのブリトニーの行動をかえりみれば、それは無理というものだろう。私がリュゼなら、とうに縁を切っているレベルだ。

「わかりました、三年間で婚約者を見つける努力をします。難しいとは思いますが……誰かに婚約を申し込んでもらえればいいのですよね？」

「うん、婚約成立までいかなくても、せめて打診くらいは欲しいね」

「打診……」

仮に失敗したとしても、アンジェラの取り巻きにならないよう対策をしていれば、なんとかなるはずだ。痩せたり、ニキビをなくしたり……前途《ぜんと》多難だけれど。

馬に乗っての近場ピクニックは、デブの体に堪えたらしい。ブリトニーの全身からは、またしても大量の汗が噴き出《ふだ》していた。

（うわぁ。この状態のデブを抱《かか》えるリュゼには、ちょっと同情する）

私でもわかる。今の自分の体が、とても汗臭いと。

もともとの体臭も混ざって、ブリトニーの体は酸《す》っぱい異臭《いしゅう》を放っていた。ドレスは汗で湿っているし、振動で体が上下するたびに脂肪がたるんたるんと揺れている。

けれど、リュゼは文句一つ言わずに私を抱えてくれていた。

（……お兄様は、こういうところが紳士だな）

私は、改めて従兄を尊敬する。彼は自分が伯爵になる上で従妹を邪魔《じやま》に思っているだけで、私自身を嫌悪しているわけではないのかもしれない……

（いや、その想像《いだ》は楽観的すぎるか）

儚《はかな》い希望は抱かずに、私は現実を直視することにした。

ブリトニーの体重、八十キロ

2：二度目の婚約破棄……どころか婚約拒否!?

屋敷《やしき》に帰ると、祖父が慌《あわ》てた様子で私を出迎《でむか》えた。どうやら、私に客人が来ているようなのだ。全身汗《あせ》まみれの私は、リュゼにお礼を言った後、最低限の身支度《みじたく》を整えて客間へ向かった。

部屋の中には見たことのある紳士《しんし》と、ふてくされた顔の少年が座《すわ》っている。二人とも、きちんとした身なりをしていて、どこか緊張《きんちょう》した面持《おもも》ちだ。

紳士は祖父の友人で、南隣《みなみどなり》にある領地の伯爵家《はくしゃくけ》の当主だった。隣といっても一日がかりの距離があるが、私が幼い頃《ころ》から度々《たびたび》屋敷に来ていたので知っている。隣にいる少年は連れてきたことがなく初めて見るが、十三歳になったはずの彼《かれ》の息子《むすこ》だろう。オレンジがかった金髪《きんぱつ》と、切れ長の緑色の瞳《ひとみ》が紳士と同じである。

急いで客人のもとを訪《おとず》れた私は、フゥフゥと荒《あら》い息を吐《は》いていた。少し動くだけでも、ブリトニーの体には負担になる。

祖父に促《うなが》されて席に着くが、ブリトニーの巨大《きょだい》なお尻《しり》は、二人がけの長椅子《ながいす》を占拠《せんきょ》した。

「この度《たび》は息子のリカルドが失礼な態度を取ってしまい、大変申し訳ありません……遅《おそ》くにできた子で、私が甘《あま》やかしてしまったのが原因です」

私と祖父に平謝《ひらあやま》りしている紳士の態度で、私は彼がここに来た目的を察した。この紳士は、私に婚約話《こんやくばなし》を持ってきた相手なのだ。

そして、一方的に婚約を破棄《はき》した相手でもある。なぜそんな人物が今更《いまさら》と思わなくもないが、人の好《よ》い祖父は友人を無下にできなかったのだろう。

（それにあの人、可哀想《かわいそう》なくらい小さくなって謝《あやま》っているし）

ところで、「息子が失礼な態度を」とは、一体どういうことなのだろうか。不思議に思っていると、紳士が話を続けた。

「お恥《は》ずかしいことですが。私が、今回の婚約破棄の話を知ったのは、昨日のことなのです」

彼の話に、私は太い首をかしげる。

「実は半月前から、私は領地の視察や王都訪問で家を留守にしていまして。今回の婚約破棄の話は、その間に息子が無断で言い出したものなのです。ですから……」

（なるほど、婚約破棄は紳士の息子の独断だったのか）

紳士は、婚約破棄をなかったことにしてほしいと、祖父に訴《うった》えた。

「そうは言ってものう……ブリトニーは、今回の件で酷《ひど》く傷ついて、食事も喉《のど》を通らないんだ。可哀想に」

私は、少し気まずい気持ちで祖父を見た。

(お祖父様、それは違《ちが》います。普通《ふつう》にダイエットを始めただけです……)

彼は、孫が少食になった理由を勘違《かんちが》いしているようだ。

「ブリトニー嬢《じょう》……本当に、申し訳ありません」

私に向かって深々と頭を下げる紳士が、さすがに可哀想になってきた。

「頭を上げてください。今回のこと、私は気にしていませんから」

そう言って、にっこりと微笑《ほほえ》む。

しかし、端《はた》から見ればデブの不気味な笑いにしか見えないようで、彼はますます萎縮《いしゅく》してしまった。地味に辛《つら》い……

「私のことはお構いなく。祖父とあなたとでお話ししてください。私は、二人の決定に従いますから」

よいしょ、と重い尻《しり》を上げて客間から出る。婚約破棄された当事者がいない方が、話も進むだろう。それにしても……

(あの少年、よっぽど私との婚約が嫌《いや》だったんだな。親の留守を狙《ねら》って、婚約破棄の連絡《れんらく》を寄越《よこ》すくらいに)

逆の立場で考えてみると、その気持ちもわかる。私だって、超絶《ちょうぜつ》デブの(性格も悪いし体臭《たいしゅう》もきつい)男と婚約させられそうになったら、拒否《きょひ》したい。家や立場を考えたら、実行に移せないだろうけれど。

「さて、どうなることやら……」

少年が私の婚約者になってくれるのなら、リュゼの出した条件をクリアできる。それはそれで良し。だが、彼が断固拒否するパターンも考えるべきだろう。その線の方が濃厚《のうこう》だ。

客間から解放された私は、リュゼに教えてもらった温泉を見に行くことにした。

今の私は強烈《きょうれつ》な匂《にお》いを放っているので、あわよくばコッソリ温泉へ入ってしまおうという算段である。

温泉の湧《わ》いている場所は、屋敷の敷地《しきち》内だという。我《わ》が伯爵家の敷地は田舎《いなか》というだけあって広く、中に森や川や洞窟《どうくつ》も存在するほどなので、温泉があってもおかしくない。

「フゥ、フゥ、フゥゥー」

またしても大量の汗を流しながら、私は敷地の中を突《つ》き進《すす》んだ。ランニングをしていた遊歩道の近くではなく、道から逸《そ》れて、さらに奥《おく》を目指している。

リュゼから大まかな地図をもらっているのだが、それにしても少し遠い。そして暑い。普通の人間なら、ここまで苦労しなくても辿《たど》り着《つ》けるのだろうが、私は運動不足の白豚《しろぶた》令嬢なのだ。

(くっ……馬に乗れればなあ。乗馬の練《れん》習をしようかなぁ)

私は、フゥフゥと荒い息を吐きながら、かなりの時間をかけて温泉に辿り着いた。

結論から言うと、温泉はある。あるにはあるが……

「何これ……」

岩壁《がんぺき》の割れ目から、温泉らしきものが流れている。

しかし、それを受け止める風呂釜《ふろがま》などあるはずもなく、温泉はそのまま地面を通って近くの川へ流れ込んでいた。温泉成分のせいか、川の水が変色している。

（この辺りの川の水は、普段《ふだん》使わないからいいけれど……温泉を流してしまうのは勿体《もったい》ないな）

温泉に触《さわ》ってみると、温度はやや高めだが熱すぎることはなかった。源泉掛《か》け流しが可能である。

（そういえば、屋敷からここへ来るまでに、干上《ひあ》がった小さな人工池があったな）

それは、かつて祖父が「プール代わりに」と、私に作ってくれた浅い池だった。

しかし、運動嫌《ぎら》いなブリトニーは、ほとんどそこで遊んだことはない。今では水も干上がり、無用の長物となっている。

（この温泉を人工池まで引っ張って、人工池から川へ流れるようにすれば……可能かも）

温泉から人工池までは近い。とはいえ、わずかながら水路は必要だ。

私には水路を作る技術も知識もなく、土木知識や内政知識も、医学知識や事務能力も、料理技術もなにもない。

あるのは、この世界のもととなっている少女漫画《まんが》のストーリー知識や、趣味《しゅみ》の美容知識のみである。

（リュゼお兄様に頼《たの》む他ないかな……いや、でも、お兄様は意外とシビアだし、私の道楽で水路を作るなんて許可してくれなそうだ）

大がかりな作業にはならないだろうが、これはブリトニーの我儘《わがまま》でしかない。

「はぁ……」

自分が無能すぎて嫌になる。ため息をついていると、ふと目の前に影《かげ》が差した。

「……ん？」

顔を上げると、目の前にオレンジがかった金髪を持つ少年が立っている。私の元婚約相手で、一方的に婚約破棄をした伯爵家の息子。名前はたしか、リカルドだ。

今はまだ子供だが、その顔は綺麗《きれい》に整っており、将来有望な外見の持ち主である。

「……私に、何か用ですか？」

伯爵家の建物からこの場所までは、片道五分程度かかる。その距離《きょり》をここまで歩いてきたということは、私に大事な用があるのだろう。

顎《あご》と一体化している太い首をかしげてみる。

(うん、全く可愛《かわい》くないしぐさだろうな)

オレンジ頭の元婚約者の顔も、微妙《びみょう》に引きつっている。

わざとらしく咳払《せきばら》いをした彼は、そのまま私の前で口を開いた。

「俺《おれ》は、不本意だ。父と伯爵が、再び勝手にお前との婚約を決めてしまった」

「……はあ、そうですか」

「お前のような女が嫁《よめ》に来ることなど、俺は認めない」

「私にそう言われましても……伯爵家の娘《むすめ》に婚約に関する決定権はありません。そういうことは、私ではなく祖父に言ってくださらないと」

ここまで嫌悪《けんお》を前面に出されると、逆に清々《すがすが》しい。そして、お子ちゃまだなあとも思う。前世の私に弟はいなかったが、いればこんな感じなのだろうか。

「くそ、なんで俺がこんな女と……」

リカルド少年は、非常に正直な感想を呟《つぶや》いている。じっと観察していると、彼は緑色の瞳をこちらへ向けた。

「お前に、頼みたいことがある」

「なんでしょう？」

「伯爵に、婚約破棄したいと伝えてくれ。孫に甘いと評判の伯爵だから、お前の言葉なら聞くかもしれない。お前だって、自分を嫌っている相手との婚約は嫌《いや》だろう？」

「なるほど、そうかもしれませんが……」

だからといって、彼の言う通り、素直《すなお》に祖父に婚約破棄を申し出るつもりはない。

私が婚約すれば、この伯爵領は様々な恩恵《おんけい》を手に入れることができるのだから。

白豚一匹《びき》と数々の恩恵——秤《はかり》にかけるまでもない。

（でも、この素直な少年は使えそう）

私自身、こんな考えが浮《う》かぶことが驚《おどろ》きだった。他人を「使えそう」などと、今までの私は考えなかっただろう。これは、ブリトニーとして生きてきた影響《えいきょう》かもしれない。

「確約はできませんが、祖父に掛《か》け合《あ》ってみましょう。しかし、条件があります」

「条件、だと……？」

「あなたにとって、難しいものではありません」

元婚約者、いやまた婚約者になったらしいが、彼の領地は豊かだ。様々な作物が実る豊かな土壌《どじょう》に、優《すぐ》れた工芸品を生み出す進んだ技術。

ハークス伯爵領とは違い、税収がっぽりウハウハな場所で、リュゼが実行したがっている水路の整備も完璧《かんぺき》な領地。それが、お隣《となり》のアスタール伯爵領なのである。

彼にとって、多少の出費など痛《いた》くも痒《かゆ》くもないだろう。

「……ここに水路を、引いてほしいのです」

「何を言っている？」

「婚約破棄する代わりに、ハークス伯爵領内に水路を引いてください」

「無茶を言うな！　この領地全体の水路の整備だなんて、どれだけ手間と金がかかると思っている！」

子供ながらに、婚約者は、しっかりした考えを持っているようだ。

もともと駄目元《だめもと》で言ってみたけれど、目先の利益に流され、あっさり条件を飲んではくれなかった。

（残念だけど……それなら、それでいいか）

水路整備の大変さや、人件費を知っているということは、領地を経営していく上で有能だ。

「リカルド様、あなたは土木関連に詳《くわ》しいのですか？」

「うちの領土は、よそよりも土木技術が発達している。領主の家に生まれた者として、最低限の知識は勉強しているが」

「なら、水路は諦《あきら》めますので、少し知恵《ちえ》と手を貸してくださいませんか？　この庭を少しだけいじりたいのですが、私には、そちらの知識が皆無《かいむ》で。庭いじりごときで、使用人の手を煩《わずら》わせるというのも気が引けますし……」

「規模にもよるが。少しくらいなら、なんとかなるだろう。俺の手を煩わせるのは、気が引けないのか？」

「あら、婚約破棄との交換《こうかん》条件でしょう？」

　私がそう言ってグフグフ笑うと、リカルドはあからさまに顔をしかめた。

　ブリトニーの笑いが醜《みにく》いのは認めよう。「うふふ」と可憐《かれん》に笑いたいけれど、三重顎のせいか「ぐふふ」にもれなく変換《へんかん》されてしまう。

「庭いじりの内容は簡単だと思います。こちらの岩から湧き出ている水を、来る途中《とちゅう》にあった人工池へ流し、池に溜《た》まって溢《あふ》れた水が、近くの川へ向かうようにしてほしいのです」

「……それくらいなら、構わない。人手もかからないし、簡単にできるだろう」

「まあ、ありがとうございます。他にも色々お願いするかと思いますが、難しい依頼《いらい》はしませんので、よろしくお願いしますね」

　ちゃっかりと、他にも条件を付け足してみる。あっさり婚約破棄に応じてもらって安堵《あんど》したのか、彼は庭の整備に協力的だった。

「祖父には、婚約破棄したいときちんと伝えておきます。最終判断は、祖父が下しますが……」

希望を伝えたところで、祖父が承諾しなかったら婚約破棄にはならない。

（お祖父様に今日のことを伝えはするけれど、私の本心としては婚約を継続《けいぞく》してほしいな）

三年間で婚約できる相手を探さねばならないのだから、キープは多いに越《こ》したことはない。たとえそれが、デブのブリトニーを心から嫌悪している人物であっても。

私と同い年の素直な少年は、ひとまず溜飲《りゅういん》が下がったらしい。温泉計画に乗り気になってくれた。

「それにしても、お前……ずっと思っていたのだが、汗臭《あせくさ》いな」

「そうですね。今日は、よく動きましたので」

「俺は、不潔で怠惰《たいだ》な女は好かない」

「世の中の大半の男性は、そうだと思いますよ。私も、汗臭いデブは嫌いです……」

容赦《ようしゃ》なく私を責める少年だが、彼の口から紡《つむ》ぎ出される言葉は真実だ。

私だって、リカルドの言うような人間は好きではない。ブリトニーなんて大嫌《だいきら》いだ。

釣書《つりがき》の絵の中の婚約者は、黒髪《くろかみ》巻き毛に大きな青い瞳を持つ、ほっそりとした美少女で、俺――リカルド・アスタールは、そんな彼女《かのじょ》に一目で恋《こい》をした。

父に婚約者の存在を知らされたのは、俺が十三歳《さい》の誕生日を迎《むか》えた翌日のこと。

最初は戸惑《とまど》ったものの、この少女が妻になるのならいいと思えるし、婚約者として指名されたこと自体が光栄だと感じた。

（姿絵だけでも、彼女の美しさと聡明《そうめい》さ、性格の良さが伝わってくるようだ）

令嬢の名前は、ブリトニー・ハークス。父の良き友人である、隣の領土のハークス伯爵の孫娘《まごむすめ》。

実際に彼女と結婚するのはだいぶ先になるけれど、俺は少しでも早くブリトニーに会いたかった。自分の目で直接彼女を見てみたかったのだ。

だから――父に黙《だま》って婚約者に会いに行った。おそるべき現実が自分を待ち受けているとも知らずに。


運のいいことに、その日、婚約者である令嬢は屋敷の外に出ていた。なぜ、俺が婚約者を判別できたかというと、使用人が彼女の名を呼んでいたからだ。

「ブリトニー様、こちらにテーブルと椅子を用意いたしました」

屋敷のすぐ近くで、令嬢はピクニックをしているようだった。

ちなみに、不法侵入《しんにゅう》にならないよう、ハークス伯爵には、こっそり話を通してある。

伯爵は、俺の行動を微笑ましく思ったようで、親身になって協力してくれた。

そんなわけで、期待に胸を膨《ふく》らませた俺は、木の陰《かげ》からブリトニーたちのピクニックを覗《のぞ》いていたのだが……

（嘘《うそ》だろう⁉ あれが本当に絵の中の彼女なのか⁉）

そこにいたのは、絵の中の少女とはまるで別人の白豚女だった。見間違《みまちが》いかと思ったが、彼女に呼びかけるメイドの声で、あのデブが婚約者だと確定せざるをえない。

俺は、激しく絶望した。

（いや、待て。もしかすると……見た目は駄目だが、中身は天使のように清らかな令嬢なのかもしれない。伯爵も、そう言って孫を可愛がっている）

ハークス伯爵の孫への溺愛《できあい》ぶりは、貴族の間で有名だった。彼はブリトニーを「天使のように可愛い孫だ」と言い回っている。

しかし、次の瞬間《しゅんかん》、俺の耳はありえない言葉を拾ってしまった。

「あー、気がききませんわね！ そこのメイド、あんたよ！ このドブス！」

ブリトニーは、自分の容姿を棚《たな》に上げて一人のメイドを叱責《しっせき》している。

（おいおい、ドブスはお前だろうが……）

メイドの容姿は、いたってマトモだ。美人ではないが、太っていないし清潔感もある。

「こんなに少ないお菓子《かし》で、お茶の時間を過ごせると思っていますの⁉ さっさと追加のお菓子を持ってきなさい！ お祖父様に言いつけますわよ！」

「も、申し訳ありません！　すぐに持ってまいります！」

慌てて駆《か》け出《だ》すメイドに足を引っかけて転ばし、グフグフと下品な声で笑う。

……俺の婚約者は、外見だけでなく中身まで醜悪《しゅうあく》なようだ。

（嫌だ、あんなのと結婚《けっこん》したくない……！）

家に帰った俺は、真剣《しんけん》に父に訴えた。ブリトニーと婚約したくないと。

しかし、父は聞く耳を持たなかった。友人であるハークス伯爵の娘との婚約を、それはもう喜んでいる。本当に絶望しかない……！

そのことがあってから、俺は毎晩悪夢にうなされるようになった。夢の中にあの白豚が出てきて、俺を巨大な尻に敷《し》きながらグフグフと笑っているのだ。

（婚約怖《こわ》い、白豚怖い……）

ブリトニーとの婚約は、俺の心に強烈なトラウマを残したのだった。

それから間もなく、俺は父の留守を狙ってハークス伯爵に婚約破棄を申し出た。本当は、そんなことをしてはいけないとわかっているが、もうどうしようもなかったのだ。

悪夢が続いて不眠症《ふみんしょう》になって、体重が一週間で五キロも落ちた……このままでは、いずれ廃人《はいじん》になってしまう。

しかし、すぐに事態が父に発覚し、俺は強制的にハークス伯爵家に連れて行かれてしまった。

そこで、俺はまた恐怖《きょうふ》のデブ、ブリトニーに出会う。奴《やつ》は、相変わらず醜悪な面構《つらがま》えをしていた。しかも、なんだか非常に汗臭い。いいとこなしだな、この白豚。

俺は無理やりブリトニーに謝らされた……屈辱《くつじょく》だ。

(このデブのことだ、きっとここぞとばかりに俺を罵《のの し》り始めるだろうな)

しかし、予想とは違い、性悪《しょうわる》令嬢は意外な言葉を吐いた。

「頭を上げてください。今回のこと、私は気にしていません」

そう言って、ニヤリと微笑む。不気味だ……何を企《たくら》んでいる？

「私のことはお構いなく。祖父とあなたとでお話ししてください。私は、二人の決定に従いますから」

伯爵に全権を委ねたブリトニーは、踵《きびす》を返《かえ》してさっさと部屋を出て行く。

結局父と伯爵は、あっさり婚約破棄はなかったことにしようと決めてしまった。

(このままでは、あのデブと婚約させられてしまう……それだけは阻止《そし》しなければ)

伯爵との話が一段落したので、俺はブリトニーの後を追った。

ハークス伯爵家の庭は広く、葉を赤く染めた木々の間を、リスが走《はし》り抜《ぬ》けていく。

しばらく進むと、岩場の前に一人で突っ立っているブリトニーを発見した。

(あんなところで、何をやっているんだ？)

疑問に思いつつ近寄ると、彼女の体から酸《す》っぱい体臭がむわんと臭《にお》った。伯爵令嬢として……いや、女として終わっている。

俺の気配に気づいたブリトニーが、太い首を体ごと回転させてこちらを見た。

「……私に、何か用ですか？」

言いたいことは山ほどある。俺は思《おも》いの丈《たけ》を口に出し、全てデブ伯爵令嬢にぶつけた。

しかし、相手は見た目通り肝《きも》が据《す》わっているようで、冷静に返事をするだけだった。逆上されるかと思ったが、その心配はなかったらしい。婚約破棄したいと告げ、彼女から伯爵に断りを入れてもらうよう頼むと、あっさり承諾した。

「確約はできませんが、祖父に掛け合ってみましょう。しかし、条件があります」

「条件、だと……!?」

「あなたにとって、難しいものではありません」

そこで彼女に出された条件は、伯爵家の敷地内に湧き出ている温泉を人工池に流し込みたいというものだった。伯爵領に水路を……と言われた時は引いたが、庭いじりレベルの作業なら人出も経費も少しで済む。

他にも時々頼み事をしたいと言われたが、この程度のことで婚約破棄ができるのなら、聞いてやってもいいだろう。

俺は、ブリトニーの話に乗った。このデブ、意外と話のわかる奴だ。

「それにしても、お前……ずっと思っていたのだが、汗臭いな」

酸《す》っぱい匂いに我慢《がまん》の限界がきた俺は、つい正直な感想をこぼしてしまった。

「そうですね。今日は、よく動きましたので」

「俺は、不潔で怠惰な女は好かない」

「世の中の大半の男性は、そうだと思いますよ。私も、汗臭いデブは嫌いです……」

なら、どうして痩《や》せる努力をしないのか。体を消臭《しょうしゅう》しないのか。

俺は、口先だけで行動が伴《ともな》わない人間が大嫌いだ。やはり、ブリトニーとは相容《あいい》れない間柄《あいだがら》らしい。

ブリトニーの体重、八十キロ

3：悪臭対策について本気出して考えてみた

翌日、ハークス伯爵家《はくしやくけ》の広大な庭を歩きながら、私は婚約《こんやく》を破棄《はき》した相手について思いを馳《は》せていた。

リカルドとの婚約破棄については、約束通り祖父に伝えた。ブリトニーが望むならと、祖父はあっさりと婚約破棄を承諾《しようだく》してくれた。リカルドの父は残念がったが、自分たちに非があったので最終的には受け入れてくれた。

リカルド・アスタールは、祖父の友人であるアスタール伯爵の次男で、将来は騎士《きし》として城勤務を希望している。

ただ、長男が病弱らしく、場合によっては領地を継《つ》ぐこともあり得るそうだ。

周囲の話によると、後者の可能性の方が高いらしいが、実際はどう転ぶかわからないとのこと。今になって、婚約者の名前諸々を改めて知るなんて……ブリトニーは、全く彼《かれ》に興味がなかったのだ。

（まあ、ブリトニーは、リュゼお兄様一筋だったしな……）

今となっては、従兄《いとこ》のどこがよかったのかは迷宮《めいきゆう》入《い》りしてしまった。たぶん顔と、あの上辺だけの優《やさ》しさだったのだろう。

幼いブリトニーは、両親からの愛情に飢《う》えていた。

日常的に使用人いびりをしている彼女《かのじょ》は、当然、彼らから嫌《きら》われている。優しく接してもらえることなどなかった。伯父《おじ》と伯母《おば》は姪《めい》の彼女を厄介《やっかい》がっているし、他の親戚《しんせき》とはあまり関わりがない。

白豚令嬢《しろぶたれいじょう》の狭《せま》い世界の中で、味方は祖父とリュゼだけだった。

（今が頑張《がんば》り時《どき》だ、私。たとえ最低スペックでも、今はまだ十二歳《さい》。このブリトニーの体でも、十分修正可能なはず！　どうしてこの体に転生したのかはわからないけれど、好きな少女漫画《まんが》の世界で人生をやり直せるというのなら、最善を尽《つ》くさなければ！）

数日後、リカルドから温泉のための人員が寄越《よこ》され、工事はつつがなく行われた。

三日で源泉掛《か》け流しの温泉が完成する。これで、ブリトニーの汗臭《あせくさ》さが少しは解消されるはずだ。

人口池の周りに小屋も建ててもらい、中で着替《きが》えができ、裸《はだか》で温泉に入れるような設備を整える。もちろん、メイドの助けは借りずに一人で温泉に浸《つ》かるつもりである。

私は、さっそく完成した温泉に入った。デブの体積で大量のお湯が外に溢《あふ》れていくが掛け流しなので気が楽だ。

「はぁ～、極楽《ごくらく》だわ。温泉サイコー！」

しかし、ここで私は気がついた。

(タオルは持ってきたけれど、石鹸《せっけん》がないな)

そう、この世界には石鹸というものが存在しないのだ。

お湯だけでブリトニーの体臭《たいしゅう》を消すには限界がある、汚《よご》れを浮《う》かせて落とす石鹸が切実に欲《ほ》しい！

私は、前世の趣味《しゅみ》で作っていた手作り石鹸のことを思い出した。材料さえあれば、こちらでも作れないことはないはずだ。

石鹸の材料は油と水と苛性《かせい》ソーダこと水酸化ナトリウムだ。苛性ソーダは劇物《げきぶつ》だが、前世では身分証明書と印鑑《いんかん》があれば薬局で買うことができた。

理系寄りの知識だが、近頃《ちかごろ》のアロマブームの影響《えいきょう》で、一般人《いっぱんじん》向けの簡単な石鹸作りの本などは、日本でたくさん売り出されていたと思う。

(油と水は手に入るだろうけれど、苛性ソーダって、この世界にあるの!?)

化学的にそれらを生み出す方法なんて、私は知らない。過去に調べた趣味の知識を総動員させる。

(昔々の地中海沿岸部で、海藻《かいそう》の灰汁《あく》とオリーブオイルで石鹸を作っていた歴史があったはずだよね。ハークス伯爵領の海でも海藻は採れるかな)

私は、工事に来てくれた人々に海藻を手に入れる方法をそれとなく聞いてみた。

すると、そのうちの一人の青年が、海辺から出稼《でかせ》ぎに来ている人物だと判明する。

彼の実家は海藻も扱《あつか》っているらしく、買い取りたいと言ったところあっさりと取引が成立した。

工事完了《かんりょう》後、お礼も兼《か》ねて皆様《みなさま》に温泉を使ってもらったが、大好評だった。

いつか、この領地の水路が整備されたら、温泉の良さを人々に広めたいと思う。


半月後、無事に石鹼の材料が揃《そろ》ったのでさっそく屋敷《やしき》の厨房《ちゅうぼう》を借りて石鹼作りにとりかかる。不審《ふしん》な行動だが、伯爵令嬢に文句を言える人間などいないのだ。

(リュゼお兄様に注意されるかもしれないけれど、今は仕事中だから見つからないはず)

油は厨房で使っているオリーブオイル、海藻はうちの領地のものだ。匂《にお》いつけに使用する香油《こうゆ》は、以前のブリトニーが、使用人にマッサージさせるために大量購入《こうにゅう》していたものが残っている。

厨房の隅《すみ》のスペースで、鍋《なべ》でグツグツ何かを作り始めたデブ令嬢に、コックたちは呆《あき》れた目を向けつつも何も言わなかった。ドロドロの液体を型に流し込んで、四週間ほど乾燥《かんそう》させる。失敗を重ねた末、ようやく石鹼と呼べるものが完成した。

その間も、私は今まで以上にダイエットに励《はげ》み温泉で汗を流したが、夜の時間は温泉を使用人にも開放することにした。

最初は誰《だれ》も使っていなかったが、最近はちらほら温泉に向かうメイドを見かけるし、掃《そう》除《じ》担当の男性使用人も使っているようである。

婚約破棄はしたものの、リカルドたちとの縁《えん》は続いている。財政事情もあるし、向こうの領地から取り寄せたいものがたくさんある。

それに、最近思い出したのだが……例の少女漫画に、リカルドが脇役《わきやく》として出ていた気がするのだ。王子の取り巻きの一人として。

（生存率を上げるためにも、彼とは仲良くしておいた方がよさそう……向こうは嫌《いや》がるだろうけれど）

ブリトニーの体重は、一向に落ちない。努力の末、八十キロから七十五キロまで減量に成功したのだが、そこから減ってくれないのである。

あまり激しい運動をすると、デブのブリトニーはすぐに体調を崩《くず》してしまうから厄介だ。

勉強と運動と入浴を繰《く》り返《かえ》す日々を過ごし、大量の菓子《かし》類を摂取《せっしゅ》するお茶の時間や、デブの素《もと》である夜食の時間はなくした。

自分なりに努力をしているが、リカルド以来、縁談《えんだん》の話は来ていない。

（リュゼお兄様との約束の期限は三年間。まだ時間はあるけれど……不安だな）

こうして、モヤモヤした気持ちだけが積もっていくのだった。


さっそく運動後に、完成した石鹼を温泉で使用してみる。少し濡《ぬ》らしてこすってみると、きちんと泡立《あわだ》った。ふわふわしたいい匂いの泡《あわ》が、ブリトニーの巨体《きょたい》を包み込む。

この石鹼にはバラの精油を使っているので、温泉全体にフローラルな香《かお》りが広がった。

前世で「温泉水で髪《かみ》を洗うのはよくない」と聞いていたので、髪を洗うための湯だけは屋敷で沸《わ》かしたものを運んでいる。重いたらいを運ぶのは、よい筋トレになった。当たり前だが、この世界にシャンプーやコンディショナーはないので、近々類似品《るいじひん》を用意したいと思う。

温泉を出て屋敷に戻る途中《とちゅう》、仕事帰りのリュゼに遭遇《そうぐう》した。最近の彼は、この儲《もう》からないハークス伯爵領を変えようと、日々東奔西走《とうほんせいそう》しているのだ。

「あれ、ブリトニー。なんだかいい匂いがするね、またマッサージしてもらったの？」

「リュゼお兄様、これは温泉で使った石鹸の匂いです」

「石鹸？」

「ええと、体の汚れを落とすもので……」

私が石鹸について説明すると、リュゼが興味を持ったようなので、完成品をいくつかあげた。これが、自分の運命を変えるとも知らずに。

石鹸を使い始め、ブリトニーの悪臭《あくしゅう》に対する批判は減ったと思われる。

私は、酸《す》っぱい匂いの臭《くさ》いデブからフローラルな香りのデブへと進化したのだ。記憶《きおく》が戻《もど》って二ヶ月が経過したが、今までの行動がまずすぎたので、私は使用人から未《いま》だに遠巻きにされている。

温泉を使う使用人はいるものの、その感想を聞けるような仲ではない。温泉内に置いている石鹸も減っているようだが、使い心地《ごこち》も聞けずじまいである。

散々いじめてきたので、今更《いまさら》仲良くしたいなどというのは無理な話だろう。

（ああ、ブリトニーの馬鹿《ばか》！　なんで使用人いじめなんかしたんだー！）

私は、過去の記憶を思い起こした。そもそもの発端《ほったん》は、使用人が幼いブリトニーの容姿について陰口《かげぐち》を言ったことだと思う。

偶然《ぐうぜん》それを耳にし、傷ついて泣いたブリトニーは、祖父に問われて告げ口したのだ。すると、伯爵は陰口を言った相手をクビにした。

その光景を見て、ブリトニーは思ったのだ。「私は強い……権力で使用人をどうとでもできる」と。

そうして、白豚伯爵令嬢の使用人いじめが始まる。

悪口を言う相手をいちいちクビにしていてはキリがないので、ブリトニーは「使用人とは陰口を言ってくる相手」だと脳内で断定し、それを前提としていじめをするようになった。そのうち、使用人いじめが癖《くせ》になり、ストレス発散のために内容がエスカレートしていったのだ。

今更「ごめんなさい」と謝《あやま》るだけでは許される気がしないし、関係改善に努めるのは遅《おそ》すぎると思われた。

廊下《ろうか》の隅から遠巻きに使用人たちを窺《うかが》うことしかできない、意気地《いくじ》なしの自分が恨《うら》めしい。

意気消沈《しょうちん》した私は、ひとまず庭へ向かった。午後の歴史の授業までに時間があるので、散歩をしようと考えたのだ。適度な散歩は集中力を高めてくれるし、軽い運動にもなる。

しかし、庭に一歩踏《ふ》み出《だ》したところで丸い物体がこちらに向かって飛来し、見事に私のデカい顔面に直撃《ちょくげき》した。

「グフゥッ！」

思わず悲鳴をあげて、その場にしゃがみ込む。

すると、庭の向こうからワラワラとたくさんの影《かげ》が出てきて私を取り囲んだ。

「大丈夫《だいじょうぶ》？　ごめんなさい」

「うわー、すっげーデブ！」

「痛いの痛いの、飛んでけー！」

口々に私に話しかけるのは、十人ほどの使用人の子供たちだった。

(おい、今デブって言った奴《やつ》は誰だ)

ハークス伯爵家の規則は他と比べると緩《ゆる》めで、親が働いている間、家に置いておけない子供は屋敷に連れてきていいことになっている。

しかし、たまに手伝いをするものの、子供たちは基本的に放置されていた。暇《ひま》を持て余した彼らは、こうして庭で一緒に遊んでいる。

私は地面に転がった丸い物体を拾い上げて彼らに渡《わた》した。その正体は、牛の膀胱《ぼうこう》だ。

この世界にはボールも存在しないので、代わりに牛や豚の膀胱を取り出して膨《ふく》らませたものを使っている。

はしゃぐ子供を見て、私はあることを思いついた。

（使用人は無理でも、その子供たちとなら仲良くなれるかも……）

現在、どう見たって彼らは退屈《たいくつ》している。とりあえずボールを追いかけているものの、やる気のなさそうなのも数人いた。

無駄《むだ》に遊ばせておくよりも、子供たちに勉強を教えたらどうだろうか。

（将来の役に立つし、気も紛《まぎ》れるだろうし。うまくいけば、使用人との関係を改善できる）

こうして、私の間接的すぎる仲直り作戦が始まった。

私自身の授業まで、一時間ほど猶予《ゆうよ》がある。「ねえ、君たち。私と一緒《いっしょ》に勉強してみない？」という提案に乗った二人の子供を連れ、伯爵家の図書室へ向かった。残りの子供たちは……逃《に》げていった。

ついてきた子供は、男の子と女の子だ。いずれも、運動が苦手そうな小柄《こがら》で華奢《きゃしゃ》な子である。

小さな金髪《きんぱつ》の男の子は十歳で、名前はライアン。栗毛《くりげ》の女の子は、十一歳のマリア。

彼らは、緊張《きんちょう》した面持《おもも》ちで私をチラチラと見た。おそらく、ブリトニーが使用人をいじめてきたことを知っているのだろう。

「来てくれてありがとう。これから、あなたたちに勉強を教えるブリトニーです。よろしくね」

彼らは文字の読み書きができないし、もちろん簡単な計算もできない。マナーもなっていない。

まずはペンの持ち方と数字や文字の書き方から教えていくことにする。この世界の数字は前世の日本と同じだが、識字率が低いので読めない人間が多い。

どうなるか心配だったが、進んで「勉強を教える」という提案に乗ってきただけあって、彼らは驚《おどろ》くほど飲み込みが早い。

その日のうちに、二人は簡単な足し算と引き算ができるようになった。

「じゃあ、明日は数字以外の文字の勉強をします。今日覚えたことを忘れないようにね」

先生らしく授業を締《し》めくくった私は、今度はいそいそと自分の授業へ向かった。

歴史と刺繍《ししゅう》、マナーとダンス、詩と音楽。記憶が戻ってみると歴史の授業は面白《おもしろ》く、自国の成り立ちや宗教についての理解が進む。

刺繍の授業も、なんとか作品らしいものが出来上がり始めたところである。

ダンスと詩と音楽だけは、一生懸命《いっしょうけんめい》やっても相変わらずの出来だ。

(恥《はじ》をかかない平均レベルに到達《とうたつ》できれば、それでいいかな)

こればかりは、才能の問題もあるので仕方がないと思っている。

授業の後、時間があるので自分のニキビ顔について考えてみた。

デブはニキビができやすく、肌荒《はだあ》れを起こしやすい。その原因の一つは、大量かつ偏《かたよ》った食事だ。ブリトニーも、食事で脂質《ししつ》や糖質をはじめとした栄養分を摂取していた。

だが、この大量の脂質と糖質というのが曲者《くせもの》で……汗と一緒に外に流れ出たそれらは皮脂《ひし》となり、ニキビを引き起こす雑菌《ざっきん》の餌《えさ》になってしまう。

さらに、脂質や糖質をとりすぎると、体内にも良くない菌《きん》が増え、内臓の動きを悪くしてしまうのだ。

過去のブリトニーの食事はバランスが悪く、脂《あぶら》っこい肉や炭水化物ばかり好んで口にしていた。体重は当初より五キロ減ったものの、ブツブツの肌は大変見苦しい状態のまま。髪も枝毛まみれで傷《いた》んでいる。

（痩《や》せただけでは、婚約できないかもしれない。ブリトニーには、欠点が多すぎるもの）

食事の改善以外にも、ニキビ対策などが必要だ。

とはいえ、ニキビ用の化粧水《けしょうすい》や薬なんて、この世界では期待できない。

（そういえば、前世のアルバイト先で、レモン水がニキビにいいと聞いたことがあったかも。仕方ない……毎日レモン水を飲んでみよう）

レモンは少し割高だが、隣《となり》の領地から買うことができた。料理人が街で買いつけてきたものが、厨房に置かれている。

それから、同じ材料でコンディショナーも作ってみた。お湯を張ったたらいの中にレモン汁《じる》を垂らすというシンプルなものだ。好みでハーブなどを加えてもいい。

今までブリトニーの髪は、無理やりブラッシングをした後で油を塗《ぬ》ってまとめていた。

この世界では髪を洗う頻度《ひんど》は少なく、洗っても水だけしか使わない。要するにブリトニーの頭は今、油でギトギトにテカっている。

(シャンプーも作りたいな……)

私は、前世の趣味を思い出しながら夕食の席へと向かうのだった。

ダイニングの扉《とびら》を開けると、先にリュゼが座《すわ》っていた。隣に行くと、いい匂いがする。

この従兄は基本的にいつもいい匂いがするのだが、香水《こうすい》などとは違《ちが》って自然な石鹸の香りだ。どうやら、さっそく私の渡した手作り石鹸を使ってくれたようである。

私がクンクンと匂いを嗅《か》いでいることに、リュゼも気づいたようだ。青い目を細めて爽《さわ》やかに笑った彼は、私の方を向いて言った。

「ブリトニーの作った石鹸を使ってみたんだよ。これはいいね」

手放しに褒《ほ》められて喜んだ私は、またグフグフと笑う。

この従兄は、何を考えているのかわからないので少し怖《こわ》い。

けれど、自分のしたことが評価されるのは純粋《じゅんすい》に嬉《うれ》しかった。

「せっかくだから、王都にいる友人にも送ってみたよ」

「ブフィーッ！　ゲホゲホッ！」

続いた言葉に、思わず口に含《ふく》んだスープを噴《ふ》き出《だ》しそうになる。

リュゼの言う王都の友人とは、たぶん以前言っていた王太子のことだ。王都にある王族・貴族用の学園で知り合った彼らは、結構仲のいい間柄《あいだがら》らしい。

「な、なんで、そんな人に私の手作り石鹸なんぞを渡しているんですかー！」

声を荒《あら》らげてしまった私と対照的に、リュゼはどこまでも落ち着いている。

「驚くほど汚れが落ちるし、いい匂いがする優《すぐ》れものだったから……ぜひ紹介《しょうかい》したかったんだけど。うまくいけば、この領地の収入になるかもしれないし」

「えっ……？」

「ブリトニー、あれはすごい発明なんだよ？　入浴で使うだけでなく、衛生面が重要視される医療《いりょう》現場でも使えると思う。衛生問題については、以前ブリトニーも心配していたよね？」

「そ、そうですね……馬に乗って出かけた際に、そんなお話をしましたね。病気の予防にも手洗いは大事だと思います」

自分の悪臭対策のために作った石鹸だが、ものすごく大ごとになってきたような。

（正直言って、素人《しろうと》作品だし……そこまで考えていなかった）

動揺《どうよう》する私に向かって、リュゼは話を続けた。

「ところで、石鹸はもうないの？」

「あと少しです。もともと自分用に作っただけなので。材料にも限りがありますし」

「何を使っているの？」

「うちの領地で採れる海藻の灰汁と、お隣の領地で取れるオリーブオイルと、やはりお隣の領地で取れるバラの精油ですね」

「隣の特産品が要るのか。君とリカルドの婚約破棄が悔《く》やまれるね」

「も、申し訳ないです。私が不甲斐《ふがい》ないばかりに……」

リュゼの言いたいことはなんとなくわかる。

私と彼との婚約が成立していれば、材料を格安で購入できるなど、融通《ゆうずう》がきいたかもしれない。

「ですが、オリーブオイルは、この領地で取れるグレープシードオイルに変えても大丈夫ですよ」

グレープシードオイルは、その名の通りぶどうの種から採れる油だ。普段《ふだん》は、料理などに使われている。荒れ地の多いハークス伯爵領だが、最近はリュゼの活躍《かつやく》によってワインの生産が盛《さか》んになってきたらしい。

「では……材料は極力、うちの領地のものを使うように。量産できるといいのだけれど」

なんだか、大変なことになってしまった。

「では、レシピを書いておきますね。グレープシードオイルの石鹸は、明日にでも作ってみます」

「ああ、ありがとう。ぜひ頼《たの》むよ」

かくして、ハークス伯爵領では、大々的に石鹸が生産されるようになったのだった。

それからの私は、空き時間に石鹸の生産に精を出すことになった。生産というよりは、研究といった方がしっくりくるかもしれない。成功したものはレシピに残してリュゼに渡し、さらに新しいレシピを模索《もさく》するのが私の役目だからだ。

石鹸を作りながら、子供たちに勉強を教えるのが日課になり、その残りの空き時間をダイエットに当ててランニングなどしている。自身の勉強もあるので時間が足りず、毎日クタクタだ。

でも、リュゼに期待されているので下手なことはできない。適当なことをして彼を怒《おこ》らせ、王都へ飛ばされてしまっては困るからだ。

そんなことを考えていると、従兄がやって来る。

「ブリトニー、新しい石鹸の出来はどうかな？」

「概《おおむ》ね成功しています。どんな場所でも育ちやすいラベンダーやローズマリーの精油なら、うちの領地でも採れますし、原料費は抑《おさ》えられるかと。それから、うちの領地でオリーブは植えられないでしょうか？　たくさん実がなれば、うちの領地でもオイルが採れると思うんです」

「うん、そのあたりは僕《ぼく》が動くよ。それにしても……」

不意にリュゼの手が私の方に伸《の》び、さらりと髪を触《さわ》った。

「最近の君の髪は、柔《やわ》らかくてサラサラだね」

「……！」

驚きで体を強張《こわば》らせてしまった私を見て、リュゼは「急にレディーの髪を触ってごめんね」と微笑《ほほえ》んだ。何をしても許される笑顔《えがお》というやつである。

（イケメンは得だな。不覚にも、ちょっと、ドキドキしてしまったし）

以前のブリトニーなら、喜びのあまり白目をむいて失神していただろう。

気を取り直して、私は自作コンディショナーの説明をした。コンディショナーと言っていいのか微妙《びみょう》な代物《しろもの》だけれど、そこは敢《あ》えて黙《だま》っておく。

「この髪は、コンディショナー――レモンの汁を使っているんです。温泉へ行って髪を洗う際に使用しています」

「そうだったの。庭に作った温泉は使用人たちにも好評みたいだね。僕も使わせてもらっていいかな？」

「もちろんです。夜は使用人が利用するので、私はそれ以外の時間に使っていますよ」

「では、僕もそうしよう。レモンも荒れ地で育つから、うちの領地にたくさん植えられるかもしれないね。寒さには強くないみたいだから、領地の南側に植えるのが適しているかもしれない」

「そうですね……」

リュゼはハークス伯爵領に水路を作りたいと言っていたが、資金が足りなくて実行に移せずにいる。

なんとかして、この領地を豊かにしたいという思いは、私も一緒だ。

ブリトニーの体重、七十五キロ

4：奇抜なドレスと温泉ドッキリ

記憶《きおく》が戻《もど》って、三ヶ月が経過した。

私は、相変わらず子供たちに勉強を教え、その傍《かたわ》らで美容研究をしている。

石鹸《せっけん》効果で体臭《たいしゅう》はマシになり、レモン効果で髪《かみ》もサラサラになった。最近では、ニキビも少なくなってきている。だが、体重は七十五キロから一向に減らない……

(なぜだ？　ご飯も減らして、運動もしているのに)

謎《なぞ》である。二《に》の腕《うで》も尻《しり》もぷよぷよである。

(……筋肉をつけた方がいいのかな)

筋肉をつけると、代謝が上がりカロリーが消費されやすくなる。

さらに、体幹が鍛《きた》えられて姿勢が良くなり、老化防止にも繋《つな》がる特典があると前世のテレビで言っていた。いいことづくしだ。

私は、普通《ふつう》の運動に筋トレを多めに加えることにした。

(筋肉といえば、プロテイン)

この世界にプロテインはないけれど、タンパク質をとるのにいい大豆や乳製品はある。

肉や卵もとるようにすれば尚《なお》良い。

「よし、頑張るぞ」

子供たちに足し算と引き算をさせつつ、水の入った筒《つつ》をダンベル代わりに上げ下げする。

彼《かれ》らは私の奇行《きこう》にツッコミを入れることなく、黙々《もくもく》と勉強を続けていた。

(いい子たちだな)

男の子の一人、ライアンは勉強が特によくできる。文字の読み書きもあっという間に全てマスターしてしまった。今は伯爵家《はくしやくけ》の図書室から、私が幼い頃《ころ》読んでいた絵本などを持ってきて彼に貸している。

私が子供たちと集まっていることは、すでに祖父やリュゼにも知れていた。本を貸し出しても特に文句は言われない。

「お嬢様《じようさま》、この間貸していただいた本は面白《おもしろ》かったです。ありがとうございます」

「よかった。じゃあ、今度はこれ」

「少し厚みがありますね、楽しめそうで嬉《うれ》しいです」

ライアンの目は、キラキラと輝《かがや》いていた。

子供はそれほど好きではなかったけれど、接しているうちに勉強に誘《さそ》った二人、ライアンとマリアはとても可愛《かわい》いと思うようになった。

(子供といっても、私の前世の年齢《ねんれい》から見た感覚で、今のブリトニーとはあまり歳《とし》が離《はな》れていないけれど……)

今まで、ブリトニーに同年代の友人はいなかった。

同じ歳の令嬢《れいじょう》と仲良くする機会も少ないし、もし機会があっても距離《きょり》を置かれてしまうのだ。おそらく、白豚《しろぶた》の我儘《わがまま》に付き合いきれなくなったのだと思われる……

次々に後悔《こうかい》することが出てきて、私はげんなりした気持ちになった。

そんなこんなでずっと孤独《こどく》だったので、子供たちと一緒《いっしょ》に過ごせるのは気晴らしになる。

勉強が終わった後は石鹼の研究なのだが、リュゼに与《あた》えられた研究室から外を見ると、子供のうちの一人――マリアが興味津々《きょうみしんしん》といった様子でこちらを見ていた。

目が合うと、彼女《かのじょ》は少しバツの悪そうな顔をしながら近づいてくる。

「いい匂《にお》いがしましたので……気になって」

「ああ、これは石鹼の匂いなの。よかったら一緒に作ってみる？」

「え、でも」

「いつも一人で研究しているから……助手がいてくれたら、助かるわ」

そう伝えると、マリアは腕まくりをしながら部屋の中に入ってきた。人手はいらないのだが、話し相手がいてくれた方が楽しく作業できる。

（やっぱり女の子だな、いい匂いに興味があるなんて）

マリアは、部屋の中に並ぶ、たくさんのハーブや精油に見とれているようだ。

「石鹼の作り方は企業《きぎょう》秘密。今は、私とリュゼお兄様と彼の部下くらいしか知らないの」

「わかりました！　ここで見たことは誰《だれ》にも言いません！」

秘密といっても海藻《かいそう》はすでに灰汁《あく》になった状態だし、あとは鍋《なべ》に投入するだけだから心配ない。

マリアは、純粋《じゅんすい》に石鹸作りを楽しんでいた。今作っている石鹸の中に、蜂蜜《はちみつ》や彼女が好きだというカモミールの精油を入れ、出来上がったものを型に入れて保管する。風通しが良い場所に、リュゼが保管用の棚《たな》を用意してくれていた。従兄《いとこ》の協力が得られてからは、格段に作業しやすくなっている……

(出来上がった石鹸は、マリアにもあげよう)

こうして交流を深めて印象が良くなったのか、マリアは将来伯爵家で働きたいと言ってくれた。彼女はまだ十一歳《さい》だし、私付きとなると相応のメイド教育が必要だから、残念ながら、まだ先の話になるだろうが。

(味方が増えることは嬉しいけれど、今のメイドたちの中でマリアが孤立《こりつ》しないか心配だしね……)

彼女の母親は洗濯《せんたく》係のメイドだが、たぶんブリトニーのことを嫌《きら》っている。メイドの大半がそうだろう。マリアの夢は、前途《ぜんと》多難だった。

(私の専属メイドはいないし、一応お祖父様にマリアのことを伝えておこう)

しかし、その行動が仇《あだ》となった。

祖父は「平民と仲良くなるよりも令嬢の友人を」と言ってきたのである。

頼《たの》んでもいないのに、伯爵家で令嬢たちを集めたお茶会を開くなどと言い出した。

「ち、違《ちが》うのです、お祖父様。私は、友人が欲しいわけではありません！」

私は、慌《あわ》てて彼の話をさえぎる。

（他の令嬢と仲良くなるのは、まだハードルが高すぎるよ）

幼い頃の我儘がたたって、令嬢全員に敵視されているであろうことは簡単に想像できた。

（それに、醜《みにく》く太った姿を彼女たちの前に晒《さら》したくない……）

幼い頃に感じた侮蔑《ぶべつ》の視線が脳裏《のうり》に浮《う》かぶ。あの頃は、今よりは細かったにもかかわらず、出会った令嬢たちはポッチャリ気味のブリトニーを嗤《わら》ったのだ。

彼女たちが嫌味《いやみ》ったらしく扇《おうぎ》で口元を隠《かく》し、クスクスと示し合わせるように視線を交《か》わす光景は今でも鮮明《せんめい》に思い出せる。

直接何かを言われたわけではないが、鈍《にぶ》かった当時の私にも雰囲気《ふんいき》で十分伝わるほどだった。今思うと……ブリトニーの意地悪の根幹には、自分の容姿へのコンプレックスがあったのではないだろうか。

「ブリトニーの大好きなお菓子《かし》も、たくさん用意しようね」

祖父は空気を読まずに、まだお茶会にこだわっていた。彼のこういう鈍い部分が、ブリトニーに遺伝したのかもしれない。

「結構です、私はダイエット中と言ったではないですか。お菓子は食べませんよ！」

思わず声を荒《あら》らげてしまう。私は生き伸《の》びるために必死なのに、よりによって一番の味方である祖父の甘《あま》さが邪魔《じゃま》をする。

「ブリトニーや、どうしてそこまで頑《かたく》なにお菓子を食べなくなったんだい？　やはり、婚《こん》約破棄《やくはき》のせいなのかい？」

「いいえ、健康のためです。デブは病気になりやすいので。そして、私自身が自分の体型を嫌《いや》だと思ったからです。私は、瘦《や》せたい」

「そんなに無理をしなくてもいいじゃないか。しかし、困ったのう。もう招待状は出してしまったし……」

　彼の言葉を聞いて、思考が真っ白く塗《ぬ》りつぶされる。

（お祖父様、知らない間になんということを……）

　私は、頭を抱《かか》えて叫《さけ》び出したい衝動《しょうどう》に駆《か》られた。

（大変なことになってしまった。ハークス伯爵家でのお茶会開催《かいさい》なんて、何年ぶりだろう）

　そもそも、招待に応じる令嬢なんているのだろうか。

（不安しかない）

　私は、頭を抱えてその場にうずくまった。お茶会に関する心配事が、怒濤《どとう》のように押《お》し寄《よ》せてくる。

（悩《なや》んでいても仕方がない。今更《いまさら》、撤回《てっかい》はできないのだから）

　気分をサッパリさせるため、とりあえず温泉へ向かった。昼間は誰も利用していないその場所は、四方を壁《かべ》に囲まれており、外から見えない構造になっている。

　水を引いてもらった際、外壁《がいへき》の工事もお願いしたのだ。周りにもスペースを作り、体を洗う場所や脱衣《だつい》用の場所も用意していた。

温泉の中で石鹸を使われたら大変なので、使用人向けに入浴方法の絵も書き、壁に貼《は》っている。彼らの中には文字が読めない者もいるため、この方がわかりやすいだろう。

体を洗ってから温泉に入ると、ザアザア音を立てて湯が外に溢《あふ》れていった。

ブリトニーの体積は、まだ減らない。

(どうしたものか……)

少し痩せたあたりから、私の体重は増えたり減ったりを繰《く》り返《かえ》している。

(食事管理も運動も頑張《がんば》っているのに、どうして減らないんだろう?)

温泉から上がって、着替《きが》えをしていると不意に入り口のドアが開いた。

驚《おどろ》いて見ると、青い目を見開いたリュゼが固まっている。私もドレスを抱えたまま固まった。

「ご、ごめん。ブリトニーが、中にいるとは思わなかった」

彼は慌てて扉《とびら》を閉めたが、私の硬直《こうちょく》は解けない。

下穿《したば》きは履《は》いているし、肌着《はだぎ》も身につけている状態だったが、そんな状態の自分の体を異性に見られたくなかった。

(恥《は》ずかしい……!)

裸《はだか》に近い姿を見られたこともそうだが、この醜くたるんだ体を晒してしまったことが何よりも恥ずかしい。

(なんという事故！)

普通の温泉ドッキリには多少のときめきがあるだろうが、そんなものは微塵《みじん》もなかった！

(……どちらかというと、リュゼお兄様の方が被害者《ひがいしゃ》だよね。見たくもない醜い私の体を見せられて)

ドレスを着終えて外に出ると、待っていたリュゼに再び謝《あやま》られた。

「ごめん、きちんと確認《かくにん》すべきだったよ」

「こちらこそ、すみません。大変お見苦しいものを……」

リュゼは、ノーコメントを貫《つらぬ》いた。

今度からは入り口の扉に、「入浴中」の札をかけておこうと心に決める。

使用人たちは、時間帯で男女に分かれて入っているらしく、今のところ問題は起きていない。

「ところで、ブリトニー。君の作った、レモンを使った『コンディショナー』とやらは素《す》敵《てき》だね。うちも大々的にレモンを植えてみるよ。領地の収入に繋がるかもしれない」

私は風呂場《ふろば》に石鹸や自作のレモン水を置いている。それらは、誰でも使っていいことにしていた。リュゼもそれを使用したらしく、以前にも増して髪がサラサラツヤツヤになっている。

「レモンは割と強い木みたいなので、うちの領地でも問題なく育つかもしれませんね」

「隣《となり》の領地ではレモンの栽培《さいばい》も盛《さか》んみたいだけど、すぐに実のなりそうな木を買うと高いのかなぁ」

「……うーん、安く融通《ゆうずう》してもらえるといいのですが」

私は、隣の領地を治める伯爵子息、元婚約者のリカルドを思い浮かべた。

（彼は協力してくれるかな？）

リカルドには、「何かあれば他にも依頼《いらい》したい」と言ったが、婚約破棄できた今となっては、温泉工事だけで片付けられてしまう可能性も高い。

駄目元《だめもと》で、私は彼に連絡《れんらく》を取ってみることにした。

リカルドとの交渉《こうしょう》は成功した。私がきちんと祖父に話して婚約破棄をとりつけたことを評価してくれたらしい。

レモンのコンディショナーに飽《あ》きてきたので、今度はライムや梅を使ってコンディショナーを作り始めた。

とりあえず酸性――クエン酸の多い食べ物を使っている。ライムなどは厨房《ちゅうぼう》にあるものを少しもらった。最近では、厨房で働く使用人たちも、私の奇行に慣れたようだ。

「ブリトニー。隣の領地から、レモンの木が届いたみたいだよ」

作業部屋でコンディショナーを作っていると、従兄のリュゼがやって来た。

大量のレモンの木は、比較的《ひかくてき》海に近い場所に植えられることになったらしい。ついでに、オリーブの木も少し分けてもらったという。

リカルドは、思ったよりも太っ腹だった。

「再来週《さらいしゅう》あたりに、南部にあるレモン畑を視察に行くのだけれど。ブリトニーも来るかい？」

「行きたいのは山々なのですが、お祖父様が急にお茶会の予定を入れてしまって……ちょうどかぶってしまうのです」

「そうなんだ、残念だね。ブリトニーは、そっちの方が大事だものね」

どうやら、「お茶会好き」だと誤解されているようだ。不本意なので、言い訳をしておく。

「……お祖父様が、私が使用人の子供たちとばかり仲良くするのを気にしていて。令嬢の友人も作った方がいいと言われたのです。他のご令嬢と仲良くできる自信なんて、ないんですけどね」

それに、たくさんの菓子が並ぶお茶会なんてデブのもとだ。本当は、とても断りたい……。

（でも、すでに招待状を出してしまったお祖父様の顔を潰《つぶ》すわけにもいかないよね。せめて、ヘルシーな菓子も用意してもらえるよう頼んでおこう）

気まずくなった私は、話題を変えてみた。

「そうだ、お兄様。私、シャンプーを作ってみたのですが」

「なんだい、それは？」

「頭髪《とうはつ》を洗う、石鹸のようなものです」

「なるほど。実は君の作った石鹸で頭を洗ってみたんだが、髪がきしんでうまく洗えなかったんだ。今度使ってみたいから、温泉に置いてくれるかい？」

「了解《りょうかい》です」

空き時間に作ったシャンプーは、オイルと精油、蜂蜜を使ったものだ。

この世界の食べ物は、ほぼ前世と共通である。ただし、うちの領地で採れるものは限られている。

（小豆《あずき》や黒糖、塩などでも代用できるし、採算のとれるものを使えばいいかもしれない）

リュゼと別れた後、私は自室に戻り、お茶会の日に着るドレスを決めることにした。

しかし、クローゼットの中を覗《のぞ》き大変なことを思い出す。

「しまった！　ブリトニーの服の趣味《しゅみ》は最悪なんだった！」

クローゼットの中では、おぞましい造形のドレスがひしめき合っていた。

真っ赤な袖《そで》に、紫《むらさき》と青のリボン……

ショッキングピンクのスカートに、緑色のレース……

ど派手な黄色のコートに、橙色《だいだいいろ》と白の造花……

（終わっている……）

今まで、よくこんなものを着て人前に出られたものだ。過去の自分を思い出した私は、ベッドにダイブして転がりながら悶《もだ》えた。

この自分の黒歴史を象徴《しょうちょう》するドレスたちを、なんとかせねばなるまい。

(とはいえ、今から他のドレスを作ってもらう暇《ひま》はないし)

言わずもがな、ブリトニーのドレスは特注品だ。一応伯爵令嬢であるし、この体型に合う市販《しはん》のドレスなんてない。

私は、目の前が真っ暗になった。

(こうなったら、自分でリメイクするしかないかも)

幸い、家庭教師に刺繍《ししゅう》などを習っているので、最低限だが手芸の腕はある。

(どうにもならない部分は、家庭教師の助けを借りるしかないな)

比較的マシな布地のドレスを選んだ私は、さっそくリメイクを開始した。不要な装飾《そうしょく》をハサミで切断して取り除いていく。

(急がないと、時間がない)

選んだドレスの色は、秋の季節に合うモスグリーンだ。しかし、各所に真っ赤なリボンや派手な金色のレースがつけられており、ブリトニーが着ると、まるで異常に幹が太いクリスマスツリーのようになる。

(奇抜《きばつ》な装飾を取って、地味目の飾《かざ》りに替えなければ。レースは、黒系にしよう)

チクチクと裁縫《さいほう》していると、衣装係《いしょうがかり》のメイドたちがやって来た。

「お嬢様、お茶会のドレスはどれを……ええと、何をしておられるのですか？」

「ドレスのリメイクです。お茶会で着られそうなものがなかったので」

「そうですか。ちなみに、どのように作り直すおつもりで？」

「リボンを全部外して、レースの色を落ち着いたものに替えるつもりなのですが」

幸い、そこまで複雑なリメイクではない。手伝ってくれるかなあと淡《あわ》い期待を抱《いだ》きつつメイドたちを見たのだが、彼女たちの反応は酷《ひど》かった。

「あらまあ、そんな面倒《めんどう》なことをなさらなくても。こちらのドレスでいいじゃありませんか。同じ緑色ですし」

メイドが手に取ったのは、明るい黄緑色に水色と赤色のバラがちりばめられた、どこの仮装大会だと言いたくなるようなドレスだった。

「……それ、本気で言っています？」

「素敵じゃないですか。お嬢様にお似合いですよ」

私は、それを嫌味だと判断した。

(腹が立つなぁ。私のような白豚には、変てこなドレスがお似合いだとでも？)

かつてのブリトニーなら、彼女の言葉をそのまま受け取って喜んでいただろう。今までの私の行いは酷かったが、メイドの態度も酷い。

「わかりました。私は自分のセンスに自信がありませんので、リュゼお兄様にも相談してみましょう。あなたがこのドレスがいいと言っていたけれど、お兄様から見てどうかと」

虎《とら》の威《い》を借る狐《きつね》ならぬ、リュゼの威を借る白豚。従兄の名前を持ち出した途端《とたん》、メイドの顔色が変わった。

(相手によって態度が変わりすぎでしょ!)

意地悪ブリトニーは、やっていることの割に権威はないのだ。薄々《うすうす》わかっていたけどね。

「もういいです、衣装係は別の人に頼みますから」

私は、メイドたちを部屋から追い出そうとして扉を開く。

すると、扉を開けた先にニコニコと微笑《ほほえ》みながら立っている従兄がいた。

「お、お兄様……?」

「ブリトニー、君にお客様が来ているのだけれど……お取り込み中だったかな?」

メイドの顔色がさらに悪化している。

絶対に聞かれていた……! リュゼの威を借る白豚発言も聞かれていたに違いない。最悪だ!

「い、いいえ、特には」

「ふぅん? このドレスの趣味は、僕《ぼく》もどうかと思うなあ。君たちはセンスがないみたいだし、ブリトニーの衣装係は他の人間を雇《やと》うことにするよ。今まで、ありがとう」

リュゼは天使の笑《え》みを浮かべながら、恐《おそ》ろしい決断を下す。

(これは……退職勧告《かんこく》?)

メイドに交じって、私もブルブル震《ふる》えた。

「君たちは、祖母の持っていた装飾品をいくつかくすねて売っていたみたいだし、もともと暇を出そうかと思っていたんだ」

なんと、メイドたちは祖母の遺品を泥棒《どろぼう》していたらしい。

「売った先から足がついたんだよ。他にも数人のメイドが関わっていたみたいだから、彼女たちも解雇《かいこ》する。お祖父様も異存はないそうだ」

爽《さわ》やかに言いたいことを言いきった従兄は、私の手を取って部屋を出た。

「あ、あの、お兄様……」

「彼女たちの言動は、目に余るよね」

「一度に何人もクビにして、代わりの使用人は集まるでしょうか？」

「大丈夫《だいじょうぶ》だよ。すでに面接も終えてある」

「さすが、仕事が速いデスネ……」

リュゼを頼って威張《いば》るような話を聞かれたものの、私にはお咎《とが》めなしのようだ……よかった。

連れて行かれた客室には、不機嫌《ふきげん》な表情のオレンジ頭がいた。隣の領主の息子《むすこ》で、元婚約者のリカルドだ。

「お待たせいたしました。ええと、本日はなんのご用でしょうか？　リカルド様」

「ああ。今日は、お前に言いたいことがあって来た。お前との取引はそろそろ終わりだ。

うちはハークス伯爵家に多額の慰謝料《いしゃりょう》を支払《しはら》い、その他の援助《えんじょ》なども行《おこな》ってきた。お前の趣味に手を貸し、農業にも貢献《こうけん》した……これ以上の援助は過剰《かじょう》だと思うのだが？」

「……ご、ごもっとも」

とはいえ、お隣さんに助けてもらいたいことは、まだまだある。関係は切りたくない。

でも、「ここで、取引を打ち切りたい」と言うリカルドの気持ちもわかる。

「では、今後は物々交換《ぶつぶつこうかん》するというのはどうでしょう？」

私は、恐る恐る話を切り出した。

「具体的に、何と何との交換だ？　そもそも、お前は領主の間で交換できるような物を持っているのか？」

「ええと、あはは……」

あるにはある。けれど、リカルドがそれを欲《ほっ》してくれるかわからない。

悩んでいると、唐突《とうとつ》に元婚約者が口を開いた。

「今日のお前は臭《くさ》くないな。それどころか花のようないい匂いがする」

「……温泉で、しっかり体を洗った後だからかと」

なんだか上から目線だが、評価されたのは嬉しい。それに、温泉の話題が出たので、この後の話を繋《つな》げやすい。

「あの、私の悪臭《あくしゅう》を取り去った画期的な発明品があるのですが。それを差し上げますので、今後も協力していただけませんか？」

「協力内容によるが、その発明品には興味があるな」

「石鹼というものなのですが……」

そう答えると、リカルドが目の色を変えた。

「それは、今、王都で流行《はや》っているものではないのか？」

「えっ……？」

石鹼が王都で流行しているなんて初耳だ。

（いつの間にか、素人《しろうと》作品が一人歩きして大変なことになっている……!?）

困惑《こんわく》する私に構うことなく、リカルドは続ける。

「そういえば……お前、少し瘦せたか？　前に会った時よりも、少し顔が小さくなったようだが」

「……そ、そうですか？　体重は少し落ちました」

「何かあったのか？」

「ダイエットをしています。食事内容を変えたり、運動をしたり……」

リカルドは、「そうか」と呟《つぶや》いただけで、特に何かを言ってくる様子はない。

（一体なんだ？）

しばらくすると、彼は話を打ち切り、「リュゼと話がある」と言って部屋を出て行った。

二人で遠乗りに出かけるようだ。

（……うん、やっぱり私も乗馬ができるようになりたいな）

後で体重を量《はか》ると、約七十キロになっていた。
ここにきて、再びダイエットの効果が現れ始めた。元の体重から、十キロ減。
(まだ、デブの域を出ないけれど。あと三十キロ、頑張ろう!)
私は気合いを入れ直し、再びダイエットに励《はげ》むのだった。

ブリトニーの体重、七十キロ

5：白豚令嬢、友人ができる

僕《ぼく》──リュゼ・ハークスは、自室で一人物思いに耽《ふけ》っていた。考えていたのは、五つ年下の従妹《いとこ》のことだ。

風が強いらしく、窓の外で枯葉《かれは》が舞《ま》っているのが見える。

僕が五歳《さい》の時、従妹のブリトニーは生まれた。

黒髪《くろかみ》に青い目の天使のような赤《あか》ん坊《ぼう》が、初対面の僕に向かって微笑《ほほえ》みかけたことは、今でも忘れない。かつてのブリトニーは、とても可愛《かわい》らしかった。

けれど、従妹が三歳の時に、彼女《かのじょ》の両親が立て続けに屋敷《やしき》から去り、幼いブリトニーは祖父と二人だけになってしまう。

心細かったのだろうか。その頃《ころ》から、ブリトニーは寂《さび》しさを紛《まぎ》らわすように、食べ物に執着《しゅうちゃく》し始めるようになった。僕と会う時も、彼女はよくお菓子《かし》を頬張《ほおば》っていた。

その頃の僕は両親のもとにいて、伯爵家《はくしゃくけ》とは別の屋敷に住んでいたのだが、祖父の家で五歳になったブリトニーを見た時は、その体型の変化に驚《おどろ》いたものである。

そこにいたのは、可愛い少女ではなく強気で我儘《わがまま》な子豚《こぶた》だった。

知らないうちに、祖父が甘《あま》やかしたのだろう。かっての天使の面影《おもかげ》は、全くなくなっていた。

十三歳になった僕は、三年間王都にある学校へ通うことになる。

祖父やブリトニーのことは心配だったが、将来のために見識を広めたいという目的があった。

僕の住む伯爵領は裕福《ゆうふく》とは言えない、辺境にある自然だけが取《と》り柄《え》の田舎《いなか》領地なのだ。

主に牧畜《ぼくちく》業を営んでいる者が多く、海に面した場所で少しばかり漁業も行われていた。

土地があまり肥えておらず急な斜面《しゃめん》が多いので、農業がしにくい場所であるらしい。

もともとは、よその領地に馬などを出荷《しゅっか》して収入を得る者が多かったのだが、ここ最近は馬が売れなくなってきている。戦争が終わって平和になり、馬自体の需要《じゅよう》が減ったのが大きな原因だ。

ハークス伯爵領の馬は、足が速く気性《きしょう》の荒《あら》いものが多い。しかし、今の時代は荷を運ぶため力持ちで穏《おだ》やかな気性の馬の方が好まれるようになっていた。

そういったことは、王都に出て色々な話を聞くまで知らなかった。

まだ子供で情報に触《ふ》れる機会がなかったとはいえ、自分の無知さを思い知らされることになる。

学園に入ってしばらくすると、僕は王太子と仲良くなった。互《たが》いに図書館の常連で、読む本がかぶることが多かったせいか、彼《かれ》の方から僕に話しかけてきたのだ。

都会の洗練された王子様に気後《きおく》れしたが、彼は気さくで話しやすい人物だった。

彼の取り巻きたちとも仲良くなり、共に勉強して絆《きずな》が強固になった頃、僕は学園を卒業した。

もともと、三年間しか通えない場所なのだ。もう少し王都に留まりたかったが、僕にはしなければならないことがある。

王都に住む貴族とは違《ちが》い、僕の肩《かた》には辺境の領地を守るという責任が重くのしかかっているのだ。重すぎて、辛《つら》い……


ハークス伯爵領で再会した従妹の体も、ますます重くなっていた。

この時のブリトニーは十一歳。しかし、とても年相応に見えない貫禄《かんろく》を持った令嬢《れいじょう》に育っている。

もともと裕福ではない伯爵領は、さらに貧乏《びんぼう》になっていた。

(僕のいない三年間で、一体何があった？)

祖父は、いくつかの事業を失敗させたり、詐欺師《さぎし》に大金を盗《と》られたり、がめつい親戚《しんせき》にたかられたりして、次々にお金を失っていたのだ。知らないうちに、借金までこさえている。人は好《い》いのだが、祖父は経営に向いていない。

ブリトニーはと言えば、肥え太っただけではなく、性格までもが大きく歪《ゆが》んでいた。もともと我儘な部分はあったが、それがさらに悪化している。

使用人の質も悪くなり、厨房《ちゅうぼう》以外は目を覆《おお》う有様《ありさま》だ。

両親も祖父同様経営に向いておらず、この状況《じょうきょう》にも無関心。贅沢《ぜいたく》することばかり考えている。

僕は、帰って早々、借金返済に追われる羽目になった。

領主の勉強をするという名目で祖父のもとに居座《いすわ》り、悪化の一途《いっと》を辿《たど》る伯爵家の財政状況を立て直すために奔走《ほんそう》する。

幸い祖父の友人である隣《となり》の領主が比較的《ひかくてき》まともな人間で、一人で戦う僕を陰《かげ》でフォローしてくれた。彼は、この時初めてうちの窮状《きゅうじょう》を知ったようだった。

そんな状況にもかかわらず、大金を浪費《ろうひ》し続ける奴《やつ》がいる。その筆頭は、従妹のブリトニーだ。

食べきれないほどの菓子を毎日注文し、悪趣味《あくしゅみ》なドレスをたくさん購入《こうにゅう》し、大量の精油を買い求めて体に塗《ぬ》りたくる。

やんわりと注意したこともあったが、全く通じない。そのくせ、従妹は時折媚《こ》びた視線を僕に送ってきた。

突《つ》っ込《こ》みたいことは多々あったが、僕にはやらなければならないことがたくさんあり、馬鹿《ばか》な従妹に構ってはいられない。そのまま、適当に放置していた。

(早く、どこかに嫁《よめ》に出してしまおう)

一番の浪費家がいなくなれば、多少は金も貯まるはずだ。

僕のいない間にブリトニーがした中で、唯一《ゆいいつ》いいことがある。それは、伯爵家の料理の質が上がったことだ。

ブリトニーは食べることが大好きな美食家だった。彼女が料理にやたらと口出ししたおかげで、ハークス伯爵領の料理はとても洗練されている。はっきり言って、王都の料理より美味《おい》しい。

使用人の質が悪化する中で、厨房のメンバーだけはほぼ変わっていなかった。聞けば、技術向上のために、これほど良い場所はないとのこと。僕は、ちょっとだけ従妹を見直した。

でも、そんな気持ちをすぐにぶち壊《こわ》すのがブリトニーだ。

ある日、隣の領地を治めるアスタール伯爵の次男とブリトニーの婚約《こんやく》が決まった。

僕に目をかけてくれていたアスタール伯爵は、婚約後は、うちの領地を援助《えんじょ》してくれるという。これは、願ったり叶ったりだった。

彼の友人である祖父も、大喜びした。

ただ、僕が熱心にリカルドのことを話したにもかかわらず、肝心《かんじん》のブリトニーは無関心だったが……

とにかく、このチャンスを逃《のが》すまいと、僕は完璧《かんぺき》な釣書《つりがき》を用意し、ブリトニーの婚約発表の準備を密《ひそ》かに進めた。

しかし、しばらくして予想外のことが起こった。婚約相手である伯爵家の次男が、自ら婚約を破棄《はき》したいと告げてきたのだ。代わりに、多額の慰謝料《いしゃりょう》諸々を用意するという。

原因を調べたところ、釣書につられた彼がブリトニーに会いに来ていたことが判明。

せっかく、大々的な婚約発表で逃《に》げ場《ば》がなくなるまで、ブリトニーに会わせないでおこうと思っていたのに……

(お祖父様、どうして彼とブリトニーを引き合わせたんですか!)

計画が失敗し、僕はしばらく落ち込んだ。

後日アスタール伯爵本人が来て、婚約破棄を無効にという話が出たのだが、結局その話もなかったことになった。慰謝料は結構もらえたが、浪費家のブリトニーは家に居座ったまま。誰《だれ》か、引き取ってくれないだろうかと僕は頭を抱《かか》えた。

(そういえば以前、王太子殿下《でんか》から手紙が来ていたな)

彼の手紙の中には、彼の妹の話し相手を探していると書かれていた。

(……よし、これを使おう)

僕は厄介払《やっかいばら》いしたい従妹を推薦《すいせん》しようと思った。

しかし、そのブリトニーなのだが、最近様子がおかしい。夕食の量と内容が極端《きょくたん》に変わり、間食をやめ、浪費も控《ひか》えている。しかも、庭でランニングまでしているし、話す内容も口調も今までとは違う。もしかすると、婚約破棄にショックを受けて頭がどうかしたのかもしれない。または、悪いものを食べたかだ。

外出の誘《さそ》いにも乗ってくるし、化粧時間の長さや服装も今までと変わった。

何もかもメイド任せだったブリトニーだが、なんと自分で服を着ている。

温泉や衛生問題の話題を出す彼女は、以前とは本当に別人みたいで、何かが乗り移っているとしか思えないような変容ぶりだ。

僕は、王女の話し相手にならないかと彼女に話した。

（今までのブリトニーなら、何をやらかすかわからず王都に放り出すのも心配だったが、今の彼女ならこのまま伯爵領から出しても大丈夫《だいじょうぶ》かもしれない）

……すると、ブリトニーの顔色が豹変《ひょうへん》する。

「お兄様、私……王都へは行きたくありません！　家を出る必要があるのなら、他の方法で出たいと思います！」

彼女は、何かに怯《おび》えているように見えた。

必死の形相で「王都に行きたくない」と訴《うった》える従妹に、ひとまず話し相手の件を保留にすることを決める。何かが憑依《ひょうい》している今のブリトニーなら浪費もしないし、この家に置いていても害はないだろう。

（だが、それもしばらくの間だけだ）

領主を継《つ》ぐためには、ブリトニーの存在は邪魔《じゃま》。彼女がいる限り、祖父は領主の座を僕に渡《わた》さないだろう。

（お祖父様は、ブリトニーを溺愛《できあい》している）

僕は、ブリトニーに三年の間に「婚約者を見つけるように」と伝えた。

厳しい条件だということはわかっている。でも、今の従妹ならできるかもしれないという希望もあった。できる限り、僕は身内に優《やさ》しくありたい。

(もし、彼女が元の浪費家に戻《もど》ったなら、速攻《そっこう》で王都に叩《たた》き出《だ》すつもりだけれど)


ブリトニーは、それからも何かに憑依されたままだった。

痩《や》せる努力を続け、家庭教師の授業を真面目に受けるようになり、いつの間にか庭に温泉を作って使用人たちに開放していた。

そして、厨房を占拠《せんきょ》し、「石鹸《せっけん》」という物を作り出す。ブリトニー曰《いわ》く、この「石鹸」は、体の汚《よご》れや菌《きん》を落とすもののようで、洗濯《せんたく》や食器洗いにも使えるらしい。

従妹の発明品に目をつけた僕は、さっそく王都に売り込みをかけてみる。

すると、すぐに友人である王太子が反応し、うちから大量に石鹸を購入したいと言う。

その話をブリトニーに伝えると、彼女はとても驚いていたが、石鹸の生産や材料研究に協力すると言ってくれた。

生産が追いつかないので、ブリトニーが考案したレシピをもらい、石鹸を生産する施設《しせつ》を作る予定だ。もちろん信頼《しんらい》できる者だけを雇《やと》い、レシピは極秘《ごくひ》にしたまま生産する。

出荷した石鹸は、かなりの高値で売れた。まだ出回る量が少ないので、主な買取先は貴族や裕福な商人などである。

ハークス伯爵家の借金は、ブリトニーの発明品のおかげで完済できそうだ。屋敷の改革ができる余裕《よゆう》が出てきたので、僕は質の悪い使用人たちを一掃《いっそう》した。

一方、ブリトニーは、時々夜中に部屋を抜《ぬ》け出《だ》して厨房の食品を漁《あさ》っている。毎日ヘルシー料理ばかりでお腹《なか》が空くのだろう。無意識に食べているようで、本人はダイエットの成果がなかなか出ないと首をひねっていた。

最近は以前より痩せたみたいだし、彼女が食べることが大好きだということは知っているので、僕は見て見ぬふりをしてあげている。

ついに、お茶会の日がやってきた。

家庭教師の協力を得てなんとかリメイクできたドレスを、新しく雇われたメイドに着せてもらう。モスグリーンに黒レースという濃色《のうしょく》のドレスは、白豚《しろぶた》を少しだけ細く見せてくれた。

招待した令嬢は、いずれも近隣《きんりん》に住むお茶会常連のお嬢様《じょうさま》たちだが、今回は他に新規の参加者がいる。南隣の領地に住むリカルドの従妹と、東隣の領地に住む伯爵令嬢だ。

ちなみに、東隣にある領地の伯爵令嬢は、例の漫画《まんが》の登場人物でもある。

ブリトニーと並び、アンジェラ王女の取り巻きとして活躍《かつやく》していた彼女の名前はノーラ。

ブリトニーと同じ歳の令嬢だが、正反対の体型の持ち主で、ガリガリで背の高い少女だ。

小さなツリ目と茶色のくせ毛。肌《はだ》にはたくさんのそばかすが散っている。

彼女も、ブリトニーと組んで主人公をいじめる嫌《いや》な女だった。

(ブリトニーと違って、途中《とちゅう》で死なないけれど)

死にはしないが、最終話近くでアンジェラが断罪されるのと同時に失脚《しっきゃく》する。彼女の実家は、もちろん没落《ぼつらく》だ。

ブリトニーとノーラは、二人でワンセットみたいな扱《あつか》いをされていることが多かったが、私はできれば彼女と関わりたくない。ノーラは、過去のブリトニー並みに性格が悪いからである。

それに、主人公の意地悪な姉、アンジェラに繋《つな》がりそうな行動は控えるべきだろう。

令嬢たちが到着《とうちゃく》し、ハークス伯爵家の中庭で微妙《びみょう》なお茶会が始まった。

「お招きいただきありがとうございます。ブリトニー様は、しばらく見ない間に……またふくよかになられましたわねえ。健康的で羨《うらや》ましいですわあ」

一人の令嬢が、含《ふく》み笑《わら》いをしながらそう切り出した。彼女の両サイドにいる令嬢が、扇《おうぎ》で口元を隠《かく》しながらニヤニヤ笑っている。

(うるさいな、これでも痩せたんだよ！　ああ、叫《さけ》びたい……！)

意外にも、意地悪なはずのノーラは彼女たちに便乗せず、椅子《いす》に座《すわ》り俯《うつむ》いていた。

(なんだか、印象が違うなあ)

アスタール伯爵の姪《めい》であるリリーという令嬢が、嫌な空気を払拭《ふっしょく》するように話題を変える。リカルドと同じくオレンジ寄りの金髪《きんぱつ》の持ち主である彼女は、私よりも一つ年下だがしっかりしていた。

「ブリトニー様、お会いできるのを楽しみにしていましたわ。従兄《いとこ》のリカルドから、あなたのことはお聞きしていましたの」

「こちらこそ、お会いできて光栄です。リカルド様には、いつもお世話になっております」

リカルドは、彼女に私のどんな話を吹《ふ》き込《こ》んだのだろう。どうせ、ブリトニーはデブとかそんなところだろうな……

「リカルドに、ブリトニー様からのお土産《みやげ》もいただきましたのよ。貴重なものを、ありがとうございます」

「いえいえ……」

おそらく、リカルドに賄賂《わいろ》で渡した石鹼のことを言っているのだろう。以前彼が来た時にいくつかあげたので、それを周りに配ったと思われる。

テーブルの上には、私のおやつであるヘルシーなドライフルーツが置かれていた。それとは別に、見栄《みば》えのするような菓子も用意している。お客様を招くのに、あまり貧相《ひんそう》なのはよくない。

他の三人の意地悪な令嬢は、勝手に仲間同士で盛り上がり始めた。正直、何もしなくていいので助かる……

私はリリーと話したが、ノーラは誰とも話さずにいる。あまり関わりたくない相手だが、ここはホストとして彼女を接待せねばならない。意を決して、ノーラに話しかけてみる。

「今日はノーラ様もご参加いただきありがとうございます」

「え、あ、はい……こ、こちらこそ、その」

オドオドと返事をした彼女は、自信なげに小さな目を伏《ふ》せた。なんだか、イメージと違う。


（高飛車な意地悪令嬢どころか、ものすごく大人しそう）

漫画のノーラのトレードマークは塔《とう》のように高く結《ゆ》い上《あ》げた髪《かみ》なのだけれど、今日は無造作に二つに結ばれている。黒いドレスもサイズが合っておらず、足首が見えていた。

（もしかして、よそ行きのドレスがなかったのかな……？）

ひざ掛《か》けを貸してあげた方がいいかもしれない。

「ノーラ様、あの……」

再び声をかけようとしたら、勢いよく話をさえぎられた。

「あ、ご、ごめんなさい！　わ、私、華《はな》やかな場が、苦手で……緊張《きんちょう》、してしまって！」

顔を覆い隠し、さらに縮こまるノーラ。

（ひざ掛けを渡していいか、聞きたかっただけなんだけど……）

あまりの萎縮《いしゅく》っぷりに、私とリリーは顔を見合わせた。

ノーラの様子に気づいた意地悪令嬢たちが、いい獲物《えもの》を見つけたというように、ドレスをからかい始める。

「ああら、ノーラ様。今日は、いつにも増して地味な装《よそお》いですこと。それに成長期で羨ましいことですわ、わたくしなんて全然背が伸《の》びなくて」

「嫌だわ、足首を見せるなんて。やっぱり、最果ての領地で生活なさっている方は違いますわねえ。以前のブリトニー様には及《およ》びませんけれど、斬新《ざんしん》なファッションですわ」

そこでチラッと私を見るのはやめろ。

(どうせ、ここも田舎領地だし、私の服の趣味は悪かったよ！)

でも、意地悪を言っている令嬢たちも、程度の差はあるが所詮《しょせん》は田舎者の部類。あの少女漫画に出ていた都会の令嬢たちは、もっとキラキラしていた。

「……っ」

俯いたノーラは反論せず、言われ放題の状況《じょうきょう》を許している。

「ノーラ様。よろしければ、ひざ掛けをどうぞ」

私の目配せで動いたメイドが、彼女に長めのひざ掛けを手渡《てわた》す。従兄に新しく雇われたメイドさん、目配せだけで状況を察してくれるなんて優秀《ゆうしゅう》だ。

しばらくして、お茶会は無事に終了《しゅうりょう》し、意地悪令嬢たちはさっさと帰って行った。出向いてやっただけでもありがたいと思えと言わんばかりの態度である。

(うん、やっぱり仲良くなれなかったな……)

対称的《たいしょう》に、リリーとはたくさん話すことができたから良かった。

「ブリトニー様、今日は楽しいお茶会でしたわ。ありがとうございます。今度は、うちのお茶会にもいらしてくださいね」

リリーは見た目も可愛いし、とってもマトモな子だ。彼女は石鹼を愛用してくれているようだったので、お土産に新しく作った石鹼を持たせてあげた。

残ったのはノーラ一人だ。どうやら、帰り道で落石事故が起こったらしく、道が塞《ふさ》がっているとの知らせがきたのだ。

ノーラの住む領地は、岩山に囲まれた険しい場所にある。主な特産物は鉱石なのだが、最近は取り尽《つ》くしてしまったようで、希少なものは出ないらしい。他に目立った産業はなく、ハークス伯爵領と同様、いやそれ以上に貧乏なところみたいだ。結局岩を片付けるまで時間がかかるということで、ノーラはうちに泊《と》まっていくことになった。

伯爵家の廊下《ろうか》を客室へと案内する。

「あ、あの、ブリトニー様、ご迷惑《めいわく》をおかけして、も、申し訳、ありません」

「遠慮《えんりょ》なさらないでください。同年代のご令嬢と話せる機会は少ないので、私は嬉《うれ》しいですよ」

ノーラは、やっぱりビクビクしている。何をそんなに遠慮しているのだろう。

（もしかして、ブリトニーに怯えているとか……？）

過去の愚《おろ》かな行動のせいで、性悪《しょうわる》白豚令嬢の噂《うわさ》は近隣の領地にまで広がっている可能性が高い。

しかし、ノーラは私に怯えているわけではなかったようだ。おずおずと真っ赤な顔を上げた彼女は、小さな声でポソリと呟《つぶや》く。

「……今日は、ひざ掛けを、ありがとうございました」

「いいえ、私がもっと早く気づいていればよかったのですが。我《わ》が家《や》のお茶会で不快な思いをさせてしまって、ごめんなさい」

「そ、そんな……！　ブリトニー様が謝《あやま》ることなんて、ないです！」

彼女はオロオロしながら、廊下の途中で立ち止まった。

「うちの伯爵家は、あまり裕福ではなくてドレスも少ないんです。それなのに、私の身長が伸び続けるから丈《たけ》の合うものがなくて。裾《すそ》を足したのですけれど、ここへ来る途中に取れてしまって」

「それは、災難でしたね」

「私、駄目《だめ》なんです。他のご令嬢が集まる場が苦手で。だって、みんな小さくて可愛くて、私みたいにそばかすもないし、酷《ひど》いくせ毛じゃないし、目もぱっちりしていてお洒落《しゃれ》だし。ああ、私ったら、初対面のブリトニー様に何を言っているのかしら、ご、ごめんなさい」

そこには高飛車で意地悪な長身女はおらず、ただ自信のない、引《ひ》っ込《こ》み思案《じあん》な女の子が立っていた。ノーラの自信のなさは、私にも共感できる部分が多く、手を差し伸べてあげたい気持ちになる。

彼女と関わるのは漫画に近づくから危険、そんなことはわかっている。けれど、私はノーラと仲良くなりたいと思ってしまった。

（どうして、こんな大人しい子が意地悪になってしまったのだろう。ノーラの人生に、一体何があったのだろう……）

漫画で彼女が出てくるのは、メリルが十六歳になった時で場所は王宮。今から四年後のことだが、漫画のノーラは、最初から最後までブリトニー並みに意地悪だったはずだ。

（今考えてもわからないな。とりあえず、部屋に案内しよう）

貧乏伯爵家の客室は、きちんと整えてあるけれど、それほど豪華《ごうか》ではない。それが却《かえ》ってよかったようで、彼女は落ち着きを取り戻した。

すぐに、祖父が挨拶《あいさつ》をしにやって来る。

「はじめまして、ノーラ嬢。落石事故に遭《あ》うなんて、災難じゃったな」

「は、伯爵様、本日はお世話になります。急なことでしたのに、ありがとうございます」

「構わんよ。ブリトニーと仲良くしてくれて、ありがとう」

祖父は、私が貴族令嬢と仲良くなったと思ったらしく嬉しそうだ。ちなみに、リュゼはレモン畑の視察に行っているので留守中である。

「そうじゃ、ブリトニー。お気に入りの温泉を案内して差し上げたらどうじゃ？」

ノリノリの祖父の勧《すす》めで、私は荷物を置いたノーラと温泉に向かった。使用人が温泉を使うのは夜なので、まだ時間がある。

温泉の扉《とびら》を開いたノーラが、彼女にしては珍《めずら》しく大きな声をあげた。

「すごいですね、温泉が家にあるなんて。ブリトニー様は、変わっておられます……あ、すみません！　深い意味は……」

「ノーラ様に悪意がないのはわかっております。それと、私のことはブリトニーと呼び捨てにしてもらって構いませんよ」

「あ、では、私のことも……ノーラと。かしこまる必要もありませんわ」

「では、お言葉に甘えて。ノーラ、温泉に入ってみない？」

「えぇっ？　で、でも……」

　ノーラは、おずおずと自分の体を見下ろした。

「着替《きが》えなら、手伝ってあげる」

「違うの、私も着替えは一人でできるわ。ただ、あまり、体を見られたくないのよ」

「私のたるんだ体に比べれば、ノーラはスマートでいいと思うんだけど……嫌なら、外に出ておこうか？」

「ブリトニーも、自分の体を嫌だと思ったりするの？」

「そりゃあそうだよ。だって、こんなに太っているんだもの！　今日も意地悪令嬢三人組に嫌味《いやみ》を言われたしね」

「そっか……私もね、この背の高さと貧相な体つきが嫌なの。まだ子供なのに、大人の女の人より背が高いし、手足ばかりヒョロヒョロと伸びるから、ドレスもすぐに合わなくなる。少しでも背を低く見せたくて、ちょっと屈《かが》んでみせることもあるわ」

「……気持ちはわかるけれど、屈むのは微妙かもね。姿勢は正した方がいいと思う」

身長を気にしすぎるせいか、ノーラはちょっと猫背《ねこぜ》だ。そのせいで、いつも自信なげに見えてしまう。

自信のなさそうな人間は、舐《な》められるので悪意を持った人間から攻撃《こうげき》されやすい。

そう言うと、ノーラは黙《だま》って頷《うなず》いた。

「確かに、私はよく上から物を言われたり、他の令嬢から攻撃されたりするわね。ブリトニーの言う通りかもしれない。でも、堂々とするのも難しいのよね。つい、いつもの癖《くせ》で萎縮してしまうの……私、自分に自信がないし」

漫画で出てきた高圧的なノーラとは、百八十度違う発言である。

「ノーラ、それなら、私と一緒《いっしょ》に美を追求しよう」

「えっ？」

「私、訳あって、十五歳になるまでに婚約者を見つけなければならないの。だから、今から痩せて綺麗《きれい》になるつもり……まあ、元の顔の作りは変えられないし、限界はあるのだけれど」

「すごいわ、私も今より綺麗になりたい。せっかくだし、温泉にも入ろうかしら」

私たちは一緒に温泉に浸《つ》かり、石鹸で体を洗い、シャンプーとコンディショナーを使った。長身を気にしているノーラだが、自分と比べてスタイル抜群《ばつぐん》なので地味に凹《へこ》む。

（この世界では、小さくて適度にグラマーな女の子がモテるみたいだけれど、前世ならノーラはみんなの憧《あこが》れの的かも……）

背が高くて手足の長いノーラは、モデル体型なのだ。けれど、問題がないこともない。

「ノーラ、ちょっと痩せすぎじゃない？　骨が浮《う》いているみたいなんだけど」

ガリガリのノーラの体は、ところどころ皮膚《ひふ》の下に、骨の形が浮き出て見えるような部分がある。

「ああ、これは。身長をこれ以上伸ばしたくなくて、食事制限をしているからなの」

「……それは良くないよ。育ち盛《ざか》りなのに、栄養とらなきゃ」

私は、ノーラにアドバイスした。ブリトニーの場合は、デブなので食事制限をした方がいい。

「そうね、他にも明け方まであまり寝《ね》ないようにしたり……色々努力しているから。そちらだけにしてみようかしら」

確かに、前世のネットで「食事制限や睡眠時に出る成長ホルモンを制限することで、身長が伸びるのを止められる」なんて情報を見たことがあるけれど。やっぱり、体に良くないと思う。今のノーラを見ていると、早めにやめさせた方がよさそうだ。

(不健康なくらいガリガリだし、今も眠《ねむ》そうでフラフラしているものね。あとでコックにノーラ用の特別メニューを頼《たの》んでおこうかな)

私はノーラに向き直って言った。

「夜更《よふ》かしも、肌に悪いからやめた方がいいよ。日常生活に支障も出るし、ノーラは足が長いから、少しくらい太ってもスタイルがいいんだから」

「そ、そうかしら。ブリトニーがそう言うのなら、睡眠《すいみん》も取ってみるわ」

そんなこんなで、共に悪役であるノーラと私は、漫画の通り仲良くなってしまった。お互《たが》いに、今後は美容情報を交換《こうかん》するという約束までしている。

……一歩破滅《はめつ》に近づいてしまったけれど、大丈夫だよね？

ブリトニーの体重、七十キロ

6：王都行きと、新たな出会い

ノーラは無事に自分の領地に戻《もど》り、レモン畑を視察に行っていたリュゼも戻ってきた。南の地でレモンは順調に育ちそうとのこと。

私は、相変わらずの生活を続けているが、これといった進展はない。

「ブリトニーは、もうすぐ十三歳《さい》になるね」

「はい、そうですね……」

依然《いぜん》として、婚約者《こんやくしゃ》ができる気配はなかった。

「そろそろ、各地のパーティーに参加してみるかい？」

「えっ……パーティーですか？」

「うん。以前の君なら心配だったけれど、最近はしっかりしてきているし……そろそろ本格的に婚約者を探してもいいかもしれないよ。この領地に閉じこもっていては、出会いに限りがあるしね」

「ええと。ですが、私はまだ、社交デビューをしていません」

「デビューを待っていたら、約束の期限が切れてしまうけど？」

「うっ……」

この漫画《まんが》の世界での、女子の社交デビューは十六歳前後だが、小さなお茶会やパーティーは、ブリトニーの年齢《ねんれい》でも参加できる。

私はまだ、令嬢《れいじょう》同士のお茶会しか出たことがないけれど、パーティーでは、うまくいけば、主催《しゅさい》する家の息子《むすこ》や、その友人たちとの出会いがあるのだとか。

そう言うリュゼは、あちこちのパーティーに誘《さそ》われているのだが、忙《いそが》しくてなかなか参加できずにいるらしい。今は領地を立て直すことで、精一杯《せいいっぱい》だものね。

「当日は僕《ぼく》も一緒《いっしょ》に行くから、前向きに検討してほしいな」

イケメン顔を最大活用したリュゼは、にっこりと私に笑いかける。けれど……

（リュゼお兄様、顔と言葉が一致《いっち》していません）

彼《かれ》の目は、「参加を拒《こば》むことは許さないぞ」と雄弁《ゆうべん》に語っていた。

（最近、お兄様のことが、少しわかってきたかもしれない……）

さて、この漫画の世界にも化粧品《けしょうひん》らしきものはある。貴族の間では、美白やメイクは推奨《すいしょう》されているのだ。ただし、「ほどほどに」という言葉がつくけれど。

少し前まで、ブリトニーも子供のくせに妖怪《ようかい》のような厚化粧をしていた。

ただ、化粧品の中には粗悪《そあく》な品もあり、白粉《おしろい》などは穀物の粉から作られているものの他に、鉛《なまり》入りのものもあるようだ。鉛は、人体にとって有毒なのである。

（……元の世界みたいに、ラベルに成分が書かれていないから、回避《かいひ》しようがないけれど）

なので、これも手作りでなんとかする方が安心だ。子供なので、そこまで厚塗《あつぬ》りするつもりはないが、全くのすっぴんというのも失礼にあたるので微妙《びみょう》なのだ。

この世界は、パーティーに出るためには子供も最低限の化粧が必要というめんどくさい場所だった。

（そういえば……）

私は、また前世の趣味《しゅみ》を思い出す。

（たしか、トウモロコシのデンプンや粘土《ねんど》質の泥《どろ》、鉱物の成分である二酸化チタンでファンデーションを作れたはずなんだけど、材料ないしなあ。二酸化チタンってどうやって入手すればいいんだろう。文系だからさっぱりだ）

レシピがなければ何もできない。とりあえず、入手できる材料だけで白粉を作ることにする。

（あとは、自分の素肌《すはだ》をキレイに保とう……うん、手作り化粧水でも作ろうかな）

私の体重は、また少し減ってきたようだ。なんとなく、足首が細くなった気がする。

（目指せ、機敏《きびん》な小デブ。絶対に婚約者をつかまえて死刑《しけい》を回避する！）

改めて心の中で決意表明しながら研究室に向かうと、部屋の前に見知らぬ金髪《きんぱつ》の男性が立っていた。金髪は金髪でも、リカルドのような濃《こ》いオレンジがかった色ではなく、純《じゅん》粋《すい》な淡《あわ》い金髪。瞳《ひとみ》は、この辺りでは珍《めずら》しい透《す》き通《とお》った菫色《すみれいろ》だ。

（誰《だれ》だろう？）

不法侵入者《しんにゅうしゃ》かと思ったが、それにしては身なりが良すぎる。祖父の客人かもしれない。

そんなことを考えていると、男性がゆっくりこちらを振《ふ》り向《む》いた。

（……！　この人、見たことがある！）

私の前世の知識と彼の顔が見事に一致した。

目の前の金髪男性は、この国の王太子でマーロウという名前。主人公メリルや悪役アンジェラの兄である。

（なんで、王太子がうちの屋敷《やしき》に？　本来なら、こんな場所にいるはずのない人なのに。

リュゼお兄様が友人だと言っていたけれど……）

漫画で何度か出てきたマーロウ王太子は、優《やさ》しくて格好良くて完璧《かんぺき》な人物だ。

けれど物語の途中《とちゅう》で、彼は刺客《しかく》に襲《おそ》われた主人公メリルを庇《かば》って死んでしまう。たしか、ブリトニーが死ぬより前に。

だから、最終的にメリルが王位を継《つ》ぐことになるのだ。

「やあ、邪魔《じゃま》しているよ。君がリュゼの言っていた従妹《いとこ》だな」

「は、はい、ブリトニーと申します。お初にお目にかかります、お会いできて光栄です」

緊張《きんちょう》してかしこまる私を見て、王太子は困ったように笑った。

「おや、私が誰だか知っているのか？」

「は、はい……王太子殿下《でんか》、ですよね？　従兄《いとこ》のご学友でいらっしゃったと聞いています。なんというか、オーラが違《ちが》うのでわかりました」

適当なことを言い、私は前世の知識をごまかす。

（敷地内《しきち》にいるということは……リュゼお兄様や、お祖父様だけに連絡《れんらく》して、お忍《しの》びで来ているんだよね？）

彼が我が家《わやが》を訪《おとず》れるなんて、聞いていない。

「急に来たからな、驚《おどろ》かせてしまってすまない。でも、ちょうど君に会いたいと思っていたのだ、ブリトニー」

「わ、私に、ですか？」

「ああ。リュゼが言っていた、『石鹸《せっけん》を発明した従妹』というのが気になって」

私は、王太子がわざわざ会いに来るようなすごい人間ではない。ただ、自分の悪臭《あくしゅう》対策にと前世の趣味の延長で素人《しろうと》作品を作っただけだ。

（なんで、こんなことになっているの!?）

一流職人が作った人形のように美しい顔の王太子が、爽《さわ》やかに笑いながら距離《きょり》を詰《つ》めてくる。

「そうだ、君にお土産《みやげ》を持ってきたんだ。よかったら、食べてくれ」

にこにこ笑う彼が手渡《てわた》してきたのは、可愛《かわい》い模様の書かれた青い箱だった。

「あ、ありがとうございます。こ、これは？」

「学生時代からリュゼが、『従妹はお菓子《かし》が好きだ』と言っていたからな。そのことを思い出して、王都で評判の焼き菓子をたくさん買ってきたのだ」

「……まあ、わざわざ。嬉《うれ》しいです」

焼き菓子なんぞ、ダイエットの天敵だ。いや、好きだけど、焼き菓子に罪はないけれど。

(これ、どうしようかなあ。今は食べられないんだよね……マリアにあげようかな)

困りつつ、王太子と話をしていると、リュゼがやって来た。

「マーロウ殿下、ここにいらしたのですか。勝手に客室から庭に出られるなんて、捜《さが》しましたよ」

「ああ、リュゼ。君の従妹と話をしていたのだよ。話に聞いていたのとは少し違うご令嬢みたいだが」

「……この年代の女の子の成長は早いですからね。それより、石鹸の研究室に案内しますよ」

(今、なんかごまかしたな？)

一体、王太子に何を吹《ふ》き込《こ》んでいたのか……非常に気になる。

若くして領地の経営に携《たずさ》わっているリュゼは、私の生み出した石鹸などの他に、自分でもワインや新種の馬の生産などを行い、手堅《てがた》く収入を増やしているようだ。

今度は、レモンの加工について調べているみたいなので、「ぜひ、レモンヨーグルトを」と、さりげなく前世の好物をアピールしておいた。ハークス伯爵《はくしゃく》領は一応牧畜《ぼくちく》業が盛《さか》んで、ヨーグルトやチーズには困らない。

それにしても、先ほどから、王太子が研究室の中をチラチラと窺《うかが》っているようなのだが……入りたいのだろうか。

「……あ、あの、よかったら、研究室の中をご覧になりますか？」

恐《おそ》る恐《おそ》る聞いてみると、王太子は美しく整った顔をキラキラと輝《かがや》かせた。

「ブリトニー、君はなんて親切な令嬢なんだ！　心の底から感謝する！」

研究室の中に入った王太子は、興味津々《きょうみしんしん》な様子で器具や材料を見学し始める。好奇心旺《こうきしんおう》盛《せい》な子供のような人だ。

（見られてまずいレシピは、ここにないからいいけどさ）

乾燥《かんそう》中の石鹸を物欲《ほ》しげに見ているけれど……それは、まだ固まっていない。

「ブリトニー、妹の話し相手の件を断ったみたいだが、君は本当に王都に来る気がないのだろうか？」

「えっ……？」

唐突《とうとつ》な王太子の言葉に、私は驚いて瞬《まばた》きした。

「王都には、もっと君の活躍《かつやく》できる場がある。今より知識も広がると思うのだが」

（こんなところにも、アンジェラ取り巻きフラグが？）

もちろん、私は笑顔《えがお》でありがたい提案をお断りした。

「私は未熟者です。そんな場所に行っても気後《きおく》れしてしまい、粗相《そそう》をしてしまいそうで」

「そうだな。リュゼから、『ブリトニーは馬鹿《ばか》すぎて、王女様の傍《そば》に仕えると失礼なことを仕出かしそうです』との連絡を受けた」

私は、傍《そば》に佇《たたず》む従兄を見上げた……

（そう伝えてくれとは言ったけれど、まさか、本当にそのまま伝えたの？）

リュゼは黙《だま》って微笑《ほほえ》んでいた。近頃《ちかごろ》の彼は、私に対していい顔を作るのをやめたようだ。

「学園で一緒だった時に、リュゼから君の話を聞いていたので、アンジェラの件を断る理由に納得《なっとく》したが……こうして会ってみると、問題なさそうに見える」

王太子の作り物めいた繊細《せんさい》で美しい顔が目前に迫《せま》った。ドキドキするというよりも、自分のデカい顔との対比にいたたまれない気持ちになる。

（痩《や》せたら、顔も小さくなるよね？　デカいままだったらどうしよう）

美貌《びぼう》の王太子に乙女心《おとめごころ》を傷つけられた私は、屋敷に戻ったら小顔体操をしようと決意した。王太子、リュゼというキラキラした男性陣《じん》に囲まれるのは、落ち着かない。

「殿下、今日は我が家で夕食を召《め》し上《あ》がっていただけるとか……」

リュゼが王太子にそう告げると、彼は笑《え》みを浮かべて頷《うなず》いた。

「ああ、ハークス伯爵家の料理は美食家の間で有名らしいからな」

（うちの料理が有名だなんて、初めて聞いたな）

よその料理を食べる機会が少ないので、なんとも言いようがない。

（というか、マーロウ王太子と一緒に食事をするの？　マジで？）

後で知ったのだが、王太子が来ることは、祖父が私に知らせるはずだったらしいが、いつものウッカリで言い忘れていたとのこと。お祖父様、勘弁《かんべん》して！

その日の晩ご飯は、当たり前だが全員同じメニューだった。王太子の他に、彼の付き人たちもいる。光り輝くシャンデリアの下にあるテーブルに並べられたのは、久々のヘルシーメニュー以外の料理だ。

「おや、ブリトニーは意外と少食なのだね。もっと食べるのかと思っていたよ」

長いまつ毛に覆《おお》われた大きな目を瞬かせ、マーロウ王太子は何気に失礼なことを言ってきた。きっと悪気はないと思う。

「私の食事は、いつもこれくらいの量ですよ」

私は、しれっと彼の問いに答え、モグモグと口を動かした。ダイエットを始めてからの食事量だが、嘘《うそ》は言っていない。またしても従兄は、ノーコメントを貫《つらぬ》いた。

王太子はしきりにうちの料理を褒《ほ》め、リュゼと祖父の機嫌《きげん》は良さそうだ。

「ところで、ブリトニーを王都に招きたいのだが、本人は気後れしているようなんだ。ハークス伯爵からも、後押ししてもらえないだろうか。彼女《かのじょ》なら、何も心配はいらないと思う」

忘れた頃に、マーロウ王太子がまた話を蒸《む》し返《かえ》してきた。

（なんで、そんなに私を王都へ行かせたがるの？）

祖父は、ノリノリで王太子の話に耳を傾《かたむ》けている。私は、すがるような目でリュゼを見つめた。もう、彼に頼《たよ》るしかない……！

「ブリトニー……」

「お、お兄様……！」

小さくため息をついたリュゼは、マーロウ王太子に向き直った。

「申し訳ありませんが……今、ブリトニーを王都に出すわけにはいきません。研究途中の石鹸もありますし」

「うむ、そうなのか。だが、短期なら問題ないだろう？」

「短期、とは？」

「リュゼも知っていると思うが、今度王都で小規模なパーティーを開くことになっている。参加者は若い貴族だけで、まだ社交デビューをしていなくても出入りできるものだ。そこに、ブリトニーも参加してほしい」

「……ブリトニーも、ですか」

「リュゼの参加は決まっているだろう。そこに従妹を連れて来てくれるだけでいい」

一度だけでいいと言われ、リュゼの心が揺《ゆ》れている。

もともと、彼は私をパーティーに参加させたいと言っていた。それが、王都で開かれるパーティーになってしまっただけではある。

「隣《となり》のアスタール伯爵の次男も来るそうだ。他にもブリトニーに友人がいれば、一緒に参加してもらって構わない。ハークス伯爵領の新商品を紹介《しょうかい》するのにも、いい場だと思うのだが……」

「では、お言葉に甘《あま》えて」

私の顔も見ずに、従兄は勝手に参加を決めてしまった。

（ちょっと、お兄様！　なんで勝手に参加を決めちゃったんですか！）

王太子は上機嫌で「リュゼは守銭奴《しゅせんど》だからなあ」などと笑っている。

（……お兄様って守銭奴なの？）

確かにお金は大事だけれど、優雅《ゆうが》なリュゼはそういった態度を見せたことがない。

（いや、今思い返せば、言動の端々《はしばし》にお金に目がない感じが出ていたような気もする……）

仕方がないので、私はパーティーに参加してあげることにした。

（お茶会で仲良くなった、リリーとノーラも誘ってみよう）


お忍びでやって来た王太子は無事に王都へ戻った。あれから、私は夜中に部屋を抜《ぬ》け出《だ》して化粧水研究に勤《いそ》しんでいる。化粧品研究をしながらも、筋トレと小顔体操は忘れない。

（目指せ、王太子並みの小顔！）

今作っているのは、フローラルウォーターを使った、シンプルすぎる化粧水だった。

この世界では、精油を作る時、ハーブなどの葉や花に水蒸気を当て、精油成分を気化させて取り出している。その際に、出来上がった液体が二層になるのだ。油の部分が精油で、それ以外の部分がフローラルウォーターなのである。

しかし、今まで精油の副産物であるフローラルウォーターは特に用がないので捨てられていたのだそうだ。モッタイナイ！

そんなこんなで、私は不要なフローラルウォーターを引き取り、化粧水として使っている。

ブリトニーが使うのは、もちろん、脂性肌用のニキビ撲滅《ぼくめつ》化粧水だった……敏感肌《びんかんはだ》にはラベンダー、乾燥肌にはジャーマンカモミール、脂性肌《しせいはだ》にはローズマリーなど、ハーブの種類によって効能も変わってくるのだ。

「ぐふふふふ」

バシャバシャと化粧水を塗りたくった私は、上機嫌で保湿《ほしつ》をする。この世界には乳液はないので、天然オイルでの保湿だ。まあ、もともと脂性肌なので、たくさん塗りたくる必要はないけれど。

大まかに言うと、ホホバオイルやオリーブオイルは保湿効果があり、アルガンオイルやアーモンドオイルは美白にもよい。脂性肌にはハークス伯爵領のグレープシードオイルがおすすめだ。

髪《かみ》に使うオイルは、日本でおなじみの椿《つばき》オイルやココナッツオイルを用意している。

ただ、化粧水もオイルも自然のものなので鮮度《せんど》が命だ。放っておくと腐《くさ》ったり酸化したりしてしまう。そのあたりは不便である。

今の体重は、六十五キロ。小デブ体型の六十キロまであと一息だ。ちなみに、ブリトニ

──の身長は低く、未だに百五十センチに届いていない……王太子からもらったお土産は、彼が帰った後で使用人や子供たちに差し入れてあげた。晦略効果か、彼らが少しだけ優しくなった気がする。今度、石鹸や化粧水も差し入れてみよう。王都のパーティーまでに痩せきることは不可能だ。せめて少しでも細く見えるよう、ドレスなどには気を使おうと思う。

翌朝、私はハークス伯爵家の金庫番ことリュゼの部屋へ押しかけた。

無論、新しいドレスを買ってもらうためである。今までのブリトニーは勝手に散財していたのだが、私の記憶が戻り従兄の本音を聞いてからは、怖くて大金を使うことができない……こんな見た目だが、私の小鳥並みの心臓はとても繊細にできているのだ。

「おはようございます、お兄様。折り入ってご相談があるのですが」

「おはよう、ブリトニー。君が僕に相談なんて、珍しいね？」

気だるげな動作で長椅子にもたれる従兄は、なんとも様になっている。マーロウ王太子に教えてもらったが、リュゼは王都で「黒髪の貴公子」などと呼ばれていた模様。お嬢様方にも、モテモテだったそうだ。

「あのですね、今度の王都のパーティーの件なのですが……」

「うん、どうしたの？」

言いづらくて俯く私に、従兄は優しく問いかける。

「その、新しいドレスが欲しくてですね……」

「…………へぇ」

心なしか、従兄の目が笑っていない。

(怖い、怖いよー!)

でも、ここで引くことはできない。何も言えなければ、クローゼットにある奇抜《きばつ》な衣《い》装《しょう》を着て王都に行かなければならないのだ。晒《さら》し者《もの》確定である。

「以前の私の趣味が酷く、ロクなドレスがなくてですね……直してもどうにもならなくて困っているんです。もちろん、高いドレスは頼《たの》みませんので、なんとか新調してもらえませんか?」

「ふふふ、わかっているよ。近頃のブリトニーは少し痩せてしまったから、サイズも合わないだろうしね。王都に行くのだし、ドレスは買ってあげる」

「ありがとうございます!」

リュゼの表情は、穏《おだ》やかなものに戻っていた。もしかして、試《ため》されたのかな?

「ちなみに、ブリトニーは、どんなドレスが欲しいの?」

「ええと、黒か濃紺《のうこん》で、この体型が少しでも細く見えるものが欲しいです」

「わかった、手配しておくよ。今年は税収がかなり増えそうだから、心配しなくていい」

「……ワインや馬の生産がうまくいったのでしょうか?」

「それもあるけれど、ブリトニーの活躍もあってのことだよ。きちんと還元《かんげん》しなきゃね……安いものと言わず、好きなドレスを買ってあげる。借金も完済できそうだし、水路の建設にも着手できそうだから」

　従兄は、着々と伯爵領を改善している。

「お兄様は立派ですね。うちの親戚《しんせき》で真面目にハークス伯爵領のことを考えているのは、お兄様だけだと思います。言ってはなんですが、伯父《おじ》様や伯母《おば》様は仕事に無関心ですし」

「そうだね、王都に行くまでは、僕もそうだったよ。甘ったれた贅沢《ぜいたく》好きの子供だった。両親に甘やかされ、僕も彼らと同じように暮らせばいいと思っていた」

「少し意外です」

「だから、僕が伯爵になっても両親を経営に関わらせる気はないし、贅沢もさせない。お祖父様にも完全に引退してもらう」

　リュゼは、一人でこの領地の何もかもを背負い込もうとしているようだ。

「ブリトニーは、僕の味方でいてくれるかい？」

　私と同じ深い海のような青い目が、真剣《しんけん》に見つめている。

「…………」

　なんとなく、これは岐路《きろ》だと思った。何度も私に失望した従兄の、最後の分岐点《ぶんき》。

　リュゼの意に沿わない回答を返せば、私も切り捨てられるだろう。彼の両親や祖父のように。従兄は、その覚悟《かくご》をしている。

「私は、お兄様に敵対する気なんて微塵《みじん》もありません。こう見えて、最近は筋肉もついてきているんです。少しくらいの荷物なら、一緒に背負うことだってできると思いますよ」

そう答えると、リュゼは爽やかに……あれ？

全然爽やかじゃない、ニンマリと艶《なま》めいた暗い笑みを浮かべて長椅子から立ち上がった。

「……お、おおお兄様？　私、何かマズイことを言いました？」

一緒に暮らしていた従兄だし、いつも傍にいた。そのはずなのに……

（こんな笑い方をするお兄様は、初めて見た……！　怖い……！）

リュゼは、いつも親切で爽やかな顔を崩《くず》さない人物。あの傲慢《ごうまん》なブリトニーにも慈愛《じあい》の笑みを向け、脂肪《しぼう》にまみれた汗臭《あせくさ》い体を平気で抱《だ》き上《あ》げるようなできた人間だ。

たとえ、本心ではそれを望んでいなかったとしても。

（でも、どうしてだろう。今の表情の方が、自然に見える）

やはり、いつもの柔《やわ》らかな笑顔は、本当の従兄の顔ではなかったのだろう。

彼から距離を取るために私は後ろに下がろうとしたのだが、絨毯《じゅうたん》に足を引っかけて尻《しり》餅《もち》をついてしまう……厚い脂肪のおかげで、あんまり痛くないけど。

それを見たリュゼは、色っぽい笑みを浮かべたまま、私の前に膝《ひざ》をついて顔を覗《のぞ》き込《こ》んできた。美形の顔面アップはやはり迫力《はくりょく》がありすぎだ。

「どうしたの、ブリトニー？　僕を見て急に逃《に》げ出すなんて、酷《ひど》いな」

「に、逃げるだなんて、とんでもない！　お兄様の勘違《かんちが》いですよ！」

リュゼは私の脇《わき》を抱《かか》えて抱き起こし、間近で目を見つめてくる。

（なんなの、この体勢はー！）

ジタバタもがいてみるが、従兄の力は強く逃《のが》れられなかった。

「ブリトニーは不思議だね、君の前だとつい本音が出てしまいそうになる」

「そんなものは、ずっと包《つつ》み隠《かく》しておいてくださって結構です……！」

一人でおろおろする従妹に毒気を抜かれてしまったのか、リュゼは私を追い詰めるのをやめた。

猫《ねこ》かぶりの彼が本音で話しているということは、少なくとも私を切り捨ててはいないということ。少しは信用してくれているのだと思われる。

「婚約者を見つけてお嫁《よめ》に行くまでは、私なりにこの領地で頑張《がんば》りますから、頼ってくださっていいですよ。ついでに、王都に行く件も取り消してください」

「そうだね……君がもっと活躍して、領地の収入を倍にしてくれるなら考えようかな」

「なにそのプレッシャー！　こんなデブに無茶な圧力かけないでくださいよ！」

思わず本音が出てしまう。

（やばい、お兄様の前ではいい子でいようと思っていたのに！）

リュゼの笑みが、より一層深くなった。再び私に歩み寄った彼は、至近距離まで近づき、耳元で囁《ささや》く。艶《つや》めいた声に、肌がぞくりと粟立《あわだ》った。

「ブリトニー。君って、なかなか面白《おもしろ》い性格をしているよね……何年も僕を欺《あざむ》いていたなんて、大したものだよ」

「ぐふっ、ぐふふふ。私なんて、お兄様には遠く及《およ》びませんとも」

私も記憶を取り戻してからは以前と行動を変えたけれど、リュゼの演技の方が筋金入りだったと思う。なんせ、十年以上もブリトニーを騙《だま》し続けていたのだから。

「次のパーティーも、その調子で気合いを入れていこうね」

「なんで、そうなるの!? パーティーは関係ないですよー!」

しかし、鬼畜《きちく》な従兄は私の訴《うった》えを華麗《かれい》にスルーした。

数日後、リュゼの手配したドレス職人の女性がハークス伯爵家にやって来た。この職人は、領内では腕《うで》がいいと評判で、ドレスを大量に買っていたブリトニーは、もちろん彼女と知り合いである。思い返せば、ドレス職人はブリトニーの趣味の悪い奇抜な注文を聞き、いつも戸惑《とまど》っていた気がする。

今日の彼女は採寸だけすると、あっさりと帰って行った。曰《いわ》く、デザインについてはすでにリュゼから大まかな指示が出ているとのこと。

ドレスをお願いした時は、私を試すような態度を取ったリュゼだが、初めから、新調してくれるつもりだったようだ。

(……見えないところで、気遣《きづか》ってくれていたんだ。言ってくれればいいのに)

私は、素直《すなお》じゃないリュゼに対して密《ひそ》かに感謝した。

話は変わるが、この漫画の世界には、元の世界にあった特許という概念《がいねん》があるみたいだ。

ただし、この国で専売が許される特許の有効期限は前世の二十年に比べ三年という微妙なもので、内容も日本と少し異なる。期限が短いぶん特許を取るための費用は安いらしい。

私が思いつきで作った石鹸やシャンプーは、知らない間にリュゼが私の名前で特許の申《しん》請《せい》をしていた。リュゼ自身の名前で申請してもいいだろうに、そのあたりは律儀《りちぎ》な従兄なのだった。


それからひと月後、私は伯爵家の四人乗りの馬車の中にいた。

午後の優しい光が、のどかな牧草地を照らしている。いよいよ王都で開かれるパーティーの日が近づいてきたのだ。

馬車の中には、リュゼとノーラが座《すわ》っている。友人と一緒に行ってもいいということだったので、ノーラとリリーを誘ってみたのだ。

ノーラは親切でついてきてくれたが、リリーは、もともとリカルドと共に行く予定だったらしい。ご近所同士ということもあり、一緒に王都へ行くことにした。使用人は別の馬車に乗っている。

隣の領地からやって来たノーラと一緒にハークス伯爵領を出発し、アスタール伯爵領を経由して王都へ行くという行程だ。

先ほどから、ノーラがボーッとした表情でリュゼを見つめている。彼女の頬《ほお》は赤く、目元は潤《うる》んでいた。

（あら、リュゼのことが好きになっちゃった？）

気持ちはわかるけれど、この従兄はあまりお勧《すす》めできない。爽やかなのは、ほぼ見た目だけなので。

「ノーラ嬢の領地では、新しい特産品が生まれたそうだね」

リュゼの問いかけに、ノーラは緊張した様子で答えた。

「ええ、ブリトニー……様のおかげで。うちの領地で取れる泥は良質で、美容にも良いみたいなのです。お父様が各地に売り込みをかけたところ、うまい具合に貴族の奥様方《おくさまがた》に受け入れてもらうことができました」

ノーラの領地の一部の領民が、昔から泥を塗って肌を綺麗《きれい》に保っているとの話を聞き、その泥が売れるのではないかと思って助言してみたのだ。

泥なんて山ほどあるし、それを売るという発想はなかったらしい。けれど、それらしい綺麗な瓶《びん》に詰めて販売《はんばい》したところ、美容に関心の高い貴族の奥方《おくがた》たちがこぞって泥パックを始め、ちょっとしたブームになっているのだとか。ちなみに……私はノーラから、ちゃっかりタダで泥を分けてもらっている。

泥パックの販売で収入が増えたようで、彼女のドレスは新しい綺麗なものになっていた。落ち着いた黄色で小さな花が刺繍《ししゆう》されている品の良いドレスである。着替《きが》えは王都に着いてからするのだが、普段着《ふだんぎ》のドレスでこれなら、パーティーで着るドレスがどんなものか楽しみだ。

私のパーティー用ドレスはリュゼが選んでくれたもので、夜の海のような濃紺色にシンプルなレースがついている。期待以上にほっそり見えるデザインになっているのもいい。

なんだかんだ言いつつ、従兄は私に素敵《すてき》なドレスを用意してくれた。

ちなみに、現在の私の体重はじわじわと落ちて六十キロ。毎日のダイエットの甲斐《かい》あって、ついに小デブ化に成功したのである。まだまだ見た目は太いが、以前より格段に軽《かろ》やかに動けるようになった。

食生活を見直し、石鹸で体を洗い続けたのがよかったのだろうか。今では体臭《たいしゅう》自体があまり発生しなくなっている。髪はツヤツヤだし、肌もピチピチのツルツルだ。まあ、十二歳という年齢のせいでもあるだろうけれど。

(これは、いけるんじゃない？　婚約者候補、見つけられるんじゃない？)

しかし、そんな私の小さな自信は、アスタール伯爵領の美少女リリーに会った瞬間《しゅんかん》にガラガラと音を立てて崩《くず》れ去《さ》った。女としての可愛さの完成度が根本的に違う。

ごめんなさい、調子に乗っていました、私はただの白豚《しろぶた》です。

「ブリトニー様、ノーラ様、またお会いできて嬉しいですわ！」

少し早足でこちらにやってくるリリーの可愛らしいこと。ふわふわ揺れるミントグリーンのドレスも、異様に似合っている。しかも、さすがアスタール伯爵領……普段着用のドレスのはずなのにすごく豪華《ごうか》。そんなリリーも、リュゼに目を留《と》めるとポッと顔を赤く染めた。

（ここにも、爽やかな笑顔に騙されたご令嬢が……）

リカルドの屋敷で、少し休憩《きゅうけい》を挟《はさ》む。

アスタール伯爵や伯爵夫人も出迎《でむか》えてくれたが、私を見る彼らの目は少し気まずそうだった。ちなみに、伯爵夫人は伯爵に比べるとかなり若い。

病弱だというリカルドの兄は体調が悪いらしく、今日は部屋から出られないとのこと。

自由に庭を散策していいと言われた私は、運動するために外に出てみた。ずっと馬車の中にいたので、体を動かしたくて仕方がない。二人の令嬢は、リュゼの近くに陣取《じんど》っている。リリーはともかく、ノーラの意外な積極性に少し驚いた。

部屋を出て庭を歩いていると、なぜかリカルドもやって来た。一人でいたから気の毒に思って気を使ってくれたのかもしれない。

「あら、リカルド様。ごきげんよう」

「ああ、ブリトニーも元気そうだな。先日は貴重な石鹼を優先的に流してもらって助かった。礼を言う」

「いえいえ、お互《たが》い助け合いが大事ですからね。こちらも、レモンやオリーブの件でお世話になりましたし、これからハークス伯爵領で水路を建設する際も、お力を貸していただけるとか」

「まあ、うちの領地は一足先に水路を建設しているからな……ところで」

「なんでしょう？」

リカルドがなぜか、言いにくそうにそわそわし始めた。

「……お前の従兄のリュゼから聞いた。ずっと、使用人にいじめられていたそうだな。そうとは知らず、俺《おれ》は勝手な思い込みで酷い言葉を吐《は》いてしまった」

「使用人……？」

なんのことだか話が読めず、私は太い首をかしげる。

「いいんだ、思い出さなくていい。あれは、お前なりの精一杯の抵抗《ていこう》だったとわかったから……リュゼから詳細《しょうさい》を聞くまで、ずっと誤解していて本当にすまなかった。過ぎたことだが、それだけ伝えたかったんだ。じゃあな」

満足した様子で屋敷に戻って行くリカルド。しかし、私は彼がなんのことを言っているのかさっぱりわからない。

（リュゼお兄様、一体リカルドに何を伝えたの？　なんだか、リカルドの態度が軟化《なんか》しているんだけど……まあいいか、良好な関係を築けた方が、この先助かるし）

よくわからないが、ひとまず放っておくことにした。

アスタール伯爵領で一泊《いっぱく》した私たちは、翌朝馬車で王都に向けて出発する。アスタール家の使用人も別の馬車に乗ってついてきていた。

使用人やら護衛やらを含《ふく》むと、割と大所帯になってしまった。でも、アスタール家の面々が同行してくれるのは心強い。

女性陣と男性陣に分かれて二台の馬車に乗ることになり、私は少しホッとする。アスタール伯爵領の馬車は六人乗りなので、四人乗り馬車で隣のノーラを押しつぶさずにすむからだ。

デブとは、限られた空間で必ず人様に迷惑《めいわく》をかける存在なのである……

せめて巨体《きょたい》で入り口を塞《ふさ》がないよう、私はいそいそと先に馬車に乗り込んだ。王都まではここから馬車で四日かかり、その間はろくに運動できない。さらにお尻《しり》が大きくなりそうである。

(間食は絶対にしないぞ……！)

持ち寄ったお菓子を楽しそうに頬張《ほおば》るノーラとリリーを尻目《しりめ》に、私は心を無にして窓の外を眺《なが》めた。アスタール伯爵領は、平地が多く土も肥えており農業が盛んだ。街道《かいどう》の両側には、延々と畑が続いている。

私たちは、途中で休憩したり、宿に泊《と》まったりしながら、予定通り王都に着いた。王都の道は全て石畳《いしだたみ》で舗《ほ》装《そう》されており、建物の数も多く、人口はハークス伯爵領とは比べ物にならない。もちろん水路も整備されており、街自体が碁盤《ごばん》の目のように造られていた。

パーティーが開かれるのは翌日なので、まだ時間がある。私たちは、それまで城の客室に滞在《たいざい》する予定だ。

昼過ぎに城に着くと、マーロウ王太子本人が、わざわざ挨拶《あいさつ》にやって来た。

「やあ、遠いところをよく来てくれた。心から感謝する」

リュゼと親しげに話していた王太子だが、私と目が合うと嬉しそうに手を振ってくる。

「ブリトニーも疲《つか》れただろう。パーティー開始までゆっくりしてくれ。客室には王都の菓子も用意してあるぞ」

彼は、まだ勘違いを続けているようで、完全に私を菓子好きのデブだと思い込んでいる模様。

（お菓子は、スマートなノーラとリリーにあげよう。甘いものが好きみたいだし）

パーティー当日にドレスが入らないなんてことになったら目も当てられない。ただでさえ、馬車での長旅で足がパンパンにむくんでいるというのに。

マーロウ王太子を見たノーラとリリーは、また頰を赤く染めていた。

（イケメンなら誰でもいいの!?）

確かに、美形の男性陣三人が並んでいると、とても絵になるけれども。

「王太子殿下、こちらは我《わ》が伯爵領で採れた花から作った化粧水です」

リュゼから彼がうちの化粧水を欲しがっていると聞いた私は、プレゼントを用意していた。彼の肌質がよくわからなかったので、とりあえず無難にローズの化粧水を渡しておく。

「ああ、ありがとう、ブリトニー！　これが欲しかったんだ！」

「他にも色々な種類がありますので、もし気に入っていただけたのなら、またお送りしますね」

「ぜひ頼む！　ついでに石鹸とシャンプーも。それから……」

追加注文する王太子に向かってリュゼが微笑む。

「たくさんご所望《しょもう》いただき、ありがとうございます殿下。王太子殿下が使用されるとなれば、うちの商品にも箔《はく》がつくでしょう」

「うむ。必要なら、王室御用達《ごようたし》の表示をつけてもいいぞ。しかし、優秀《ゆうしゅう》な従妹のいるリュゼが羨《うらや》ましいな」

マーロウ王太子の目が、一瞬《いっしゅん》城の奥に向けられる。つられてそちらを見ると、黒子《くろこ》のような衣装に身を包んだ怪《あや》しげな女性の集団が、ぞろぞろと建物の奥に向かっているのが見えた。

（……あれは、一体？）

私が疑問に思っているのに気がついたのか、王太子が苦笑《くしょう》しながら口を開いた。

「妹付きのメイドたちだ。よくわからないが、いつもあのような格好をしている」

「……そうですか」

彼の妹ということは、あの漫画の悪役令嬢アンジェラだ。主人公のメリルは、現時点ではまだ平民として下町にいるはずである。

きっと自分よりも目立たせないために、王女はメイドたちを黒ずくめにしているのだろう。

（逆に悪目立ちしているけれど……）

やっぱり、アンジェラとは関わりたくない。私はぎこちない動作で黒子たちから目を逸《そ》らした。

マーロウ王太子と別れた後、私たちはそれぞれ客室へ案内された。ノーラとリリーとは部屋が隣同士だ。リュゼとリカルドは、一つ上の階にいる。昼過ぎに城に到着《とうちゃく》し、そのまま部屋に案内されたので外はまだ明るい。

二階にある私の部屋からは、城の西側にある庭がよく見えた。来る途中にも通り過ぎたのだが、この大きな城には、あちらこちらに美しい庭がある。

西の庭は、どちらかというと華《はな》やかではなく落ち着いたイメージの庭だ。大輪のバラや派手な噴水《ふんすい》などはなく、温室の中に小ぶりな花やハーブ類が植えられている。

……そう、全国各地のハーブ類が植えられている贅沢なこの庭は、実に私好みの場所だった。城の使用人に確認《かくにん》を取ったところ、西側の庭は出入り自由とのこと。さっそく、庭を散策することにした。

庭に出て温室に入り、植えられている植物をここぞとばかりに観察する。

産地がバラバラなので、おそらく別の場所から持ってきて植え替《か》えられているのだろう。花は咲《さ》いていないが、ウスベニアオイにマリーゴールドらしきものもある。

今は冬――温室とはいえ、技術面に難があるようで、花は散ってしまった後みたいだ。

前世で温室が考案されたのは、割と後の時代だったと思うので、この少女漫画の世界の文明レベルは物によって差異があるらしい。

しばらくすると、リカルドも庭に出て来た。リュゼに聞いた話だと、次男であるリカルドは、今までに一度しか王都に来た経験がないそうだ。

(まだ知り合いも少ないみたいだし、暇《ひま》を持て余しているのかも)

彼は私を発見すると、「なんだ、お前もいたのか」と言いつつ近づいてきた。

「何を熱心に見ているんだ?」

「この庭のハーブです。ハークス伯爵領では見られない種類のものがたくさん植えられています」

「少しだけ、花もあるが……ほとんどは、ただの草にしか見えない」

確かに、雑草に見えるハーブや、雑草以上に逞《たくま》しいハーブもある。前世でうちの庭にペパーミントが増殖《ぞうしょく》しすぎた時は、かなり焦《あせ》って大量に引き抜いた覚えがあった。

「種類は多いですが量は少ないので、おそらく、城のどなたか特定の方が飲まれるハーブティーの材料を植えているのかと。これは、ご存知だと思いますが、イラクサの一種です。貧血《ひんけつ》予防や、ぜんそく予防の効果もあるんですよ。ここの庭はとても有用ですね」

「そうなのか、他にはどんなものがあるんだ?」

「例えば、温室の隅《すみ》……日陰《ひかげ》に生えている臭《くさ》いアレはドクダミと言い、解毒《げどく》作用があります。こちらはタイムといって殺菌《さっきん》効果に優《すぐ》れています」

「驚いた。お前は薬草の類にも詳《くわ》しいんだな」

「ええ、まあ……とはいえ、全ての薬草の効能を知っているわけではありませんよ。一般《いっぱん》的なものだけです」

　前世では、美容に関するハーブに凝《こ》っていた。そのおかげで、有名な種類に限り効能を知っているだけだ。

　ハーブについての会話をしていると、リカルドがまじまじと私を見た。

「お前、また痩せたか？」

「ええと……ダイエットを続けているので、そのせいかもしれません」

　そう答えるとリカルドの顔が少し曇《くも》る。婚約破棄《はき》に憤《いきどお》った祖父が、私がダイエットをしているのはリカルドのせいだとまだ文句を言っているからかもしれない。

「……そうだったのか。ところで、ブリトニー。これから隣同士、領地を経営していく仲だ。堅苦《かたくる》しい会話は、そろそろやめにしないか？」

「堅苦しい？」

「ああ、こうして会う機会も多いし、いちいちかしこまるのは面倒《めんどう》だ。俺のことはリカルドと呼び捨ててもらって構わないし、敬語もいらない」

「ええっ？　で、では、そうさせてもらいます。お互いの領地を良くするため、頑張りましょうね」

「……敬語」

「が、頑張ろう！」

　そんなこんなで、私とリカルドは少し距離が近づいた……かもしれない。

彼が、これからも領地経営で協力してくれる気なのはありがたいけれど、初対面の時の態度と違いすぎて戸惑ってしまう。

（……高圧的な態度のお坊《ぼっ》ちゃんだと思っていたけれど、ただのシャイボーイだったのかな。仲良くなれるのは、いいことだよね）

庭を散策した後、私はリカルドと別れて部屋に戻った。長旅でむくんだ足をマッサージするためだ。

（それにしても、あの庭のハーブを使っているのは誰なのだろう……気になるな）

とはいえ、わざわざ聞くことでもないので、私はいつものダイエットを始める。

さすがに城の庭をランニングするわけにはいかないので、部屋の中で筋トレでもすることにした。伯爵家から連れてきたメイドは、城に来られたことが嬉しかったようでソワソワしている。

私以外の普通の女子にとって、王都は憧《あこが》れの場所なのだろう。

（正直言ってパーティーに出るのは億劫《おっくう》だけれど、婚約者を見つけるために頑張らなければね）

あれこれしているうちに時間は過ぎ、すぐにパーティー当日の昼になった。嫌《いや》な時間ほど、早くやってくるものである。

城の中庭で開催《かいさい》されたそれは、小規模だが豪勢《ごうせい》なものだった。まだ若い参加者が多いため、開催時刻は夜ではなく昼に設定されている。

広い庭の中央では見たことのない貴族の青年たちが談笑《だんしょう》し合い、その付近では令嬢たちが彼らを熱心に観察していた。

(異性に対する値踏《ねぶ》みの視線がすごい……！)

リュゼはといえば、予想通り大勢の令嬢に囲まれている。その中に普通に紛《まぎ》れ込《こ》むリリー。後方にはノーラも食らいついており、同様にリュゼを追いかけていた。そんな彼女のドレスは、ヒラヒラフリフリの薄《うす》ピンクだ。

(ノーラ！　なぜ、そのデザインにしたー!?)

子供っぽい可愛さを強調するデザインは、全くノーラに似合っていなかった。

スタイル抜群《ばつぐん》の彼女の良さが全く出せていないし、身長の高さも相まってアンバランスさが悪目立ちしている。

(来る時に着ていたドレスは似合っていたのに、残念だな)

彼女自身も、周囲の視線が気になるようで、初めて会った時のようなおどおどした態度が出てしまっている。

唯一《ゆいいつ》の身内であるリュゼの近くに待機しつつ、友人たちを観察していると、不意に体に何かがぶつかった。

「うわっ……？」

なんとか足を踏《ふ》ん張《ば》って転倒《てんとう》を免《まぬが》れるが、すぐ横で一人の貴族の少年が睨《にら》みつけてきた。

リカルドよりも少し年上のようだが、リュゼよりは年下に見える。

「通行の邪魔だ、デブ！　そんなに醜《みにく》く太った体で、よくも王太子殿下主催のパーティーに顔を出せたものだ」

自分からぶつかってきたくせに、彼は謝《あやま》ることもせずに絡《から》んできた。最悪だ。私は、その王太子殿下から直々に参加してほしいと頼まれたから出席しているというのに。

「なんでお前みたいなのが参加しているんだ？　ここは未来の婚約者候補を探す場でもあるというのに……まさかお前、そんな太い図体《ずうたい》で誰かに婚約を申し込まれることを期待しているのか？」

彼の言葉を聞いた私は、大いに憤慨《ふんがい》した。

（なんだとー！　私が参加しようがしまいが、太っていようがいまいが、お前には関係ないだろう！　だいたい、公《おおやけ》の場で年下の女の子をいじめるなんて最低だな！）

私は前世の年齢を棚《たな》に上げ、目の前の憎《にく》き男に視線を合わせた。

（黙って言われっぱなしになんて、なってやるものか）

言い返してやろうと口を開いたのだが、私が言葉を発するよりも早く動く影《かげ》があった。

「騒《さわ》がしいな。こんな場所で、何を怒鳴《どな》っている？」

私を庇うように少年の前に立ちふさがったのは、なんと元婚約者のリカルドだ。少年が誰なのかはわからないが、アスタール伯爵家はお金持ちで発言力も強い名門貴族で、王都でも有名だ。よって、リカルドに真っ向から喧嘩《けんか》を売れる貴族は少ないはずだ。

同じ伯爵家でも、貧乏《びんぼう》で破産の危機を回避したばかりのハークス伯爵家とは違うのである……！

「ああ、アスタール伯爵家のご子息か。この勘違い白豚女が道を塞いで迷惑していたんだ」

私とリカルドが知り合いだと知らない少年は、自分の主張が正当であると言わんばかりに、自信満々な様子で私を指差した。周囲の若い貴族たちも、クスクスと忍び笑いを漏《も》らしている。世間は、デブに冷たい……

しかし、次にリカルドが告げたのは、意外な言葉だった。

「道を塞ぐ？　おかしいな、わざわざ彼女の横を通らなくても、通り道ならいくらでもあるだろう」

確かに、私は通路に立っていたわけではない。

通り道が狭《せま》いのは、出入り口と食べ物が並ぶテーブル付近で、私が立っている広場の中央は、わざわざ隣を通らなくても普通に歩ける。

「それはまあそうだが……場違《ばちが》いだとは思わないか？　こんな醜い女が、王太子殿下のパーティーにいるなんて」

「場違いな行動を取っているのは、そちらだろう。彼女はマーロウ王太子殿下の招待客だというのに。殿下を批判するのか？」

「別に、そういうわけでは……！」

リカルドの方が優勢だ。

「なら、くだらない言いがかりはつけないことだ。自分が恥《はじ》をかくことになるぞ」

少年が捨《す》て台詞《ぜりふ》を吐く前に、リカルドが私の手を摑《つか》んでその場を後にした。

「あ、あの、リカルド？」

強引《ごういん》に私を引っ張りながら歩く元婚約者に、戸惑いの声をあげてしまう。呼ばれたリカルドは、人の少ない場所に来ると立ち止まって口を開いた。

「お前、何を言われっぱなしになっているんだ」

「そんなことないわ。私が言い返す前に、あなたが言い返してしまったのよ」

「……そうだったか」

「でも、庇ってくれてありがとう。あの場には味方がいなかったから、助かった。リュゼお兄様は、少し離《はな》れた場所にいて気づいていなかったし、誰も知らない中で見ず知らずの人に罵《ののし》られるのは、ちょっと辛《つら》いもの……」

豚扱《あつか》いに耐性《たいせい》があるとはいえ、一方的に貶《けな》されるのは嫌なものだ。

「向こうは、お前のことを知っていたと思うぞ」

リカルドの言葉に、私は以前より少しだけ細くなった首をかしげる。

「……どういうこと？」

「あいつは、ダン子爵家《ししやくけ》の長男だ……と言えばわかるか？」

その名前を聞き、私はげんなりした。それは、とても聞き覚えのあるものだったのだ。

「会うのは初めてだけれど、父の駆《か》け落《お》ち相手の家の息子だということね」

幼い頃の事件なので周囲から聞いた話になるが……どうやら駆け落ちした父の相手は、先ほど絡んできた少年の母親だったらしい。彼にとって、私は母親を奪った男の娘というわけだ。

自分の親ながら、本当に何をやっているんだよと言いたくなる。

「お前の容姿は目立つから、やつあたりしたくなったのだろう。あそこは、後妻との関係がうまくいっていないらしいからな」

だからといって、娘《むすめ》である私に絡まれても迷惑だ。

「リカルドは、よその家の事情を、よくご存知で」

「勝手に耳に入ってくるんだ。お前もこういう場に出るのなら、もう少しよその家の情報を知っておいた方がいいぞ。リュゼの得意分野だから、あいつに聞けばいい」

「そ、そうなんだ……うん、頑張る」

確かに、リュゼなら色々知っていそうだという気がした。彼だけは敵に回したくない。

「それから、お前だって親を失ったのだから、変に気を使う必要はないと思う」

ふいと横を向きながら、ぶっきらぼうな口調でリカルドが言った。

（……これは、なんだ？）

彼なりの励《はげ》ましだろうか？　ちょっと嬉しくなってしまうではないか。

「え、えっと……ありがとう」

真っ赤な顔の元婚約者に、私はお礼を言った。

「別に……」

 ふいと顔を逸らしたリカルドは、やっぱりシャイな性格のようである。

(私のことを「嫌いだ」と言っていた割に、こうして助けてくれるし。リカルドっていい子だよね）

私は、彼にライアンやマリアと同じような親しみを覚えた。

リカルドと元いた場所に戻った後、私は従兄のリュゼに連れられ、他の参加者に挨拶をして回る。

（お兄様、もうちょっと早く動いてほしかったな。さっさと私を連れて移動してくれれば、変な奴《やつ》に絡まれることもなかったのに）

子爵家の息子に私が罵られたことを、リカルドはリュゼにきっちり報告していた。

（リュゼお兄様を敵に回すと、彼のこれからは大変そうだ……）

そう思いながら従兄の後をついて回っていると、不意に会場全体がざわめきだし、奥からマーロウ王太子が現れた。

そして、彼の後ろからは、ストレートの髪をきっちりと結《ゆ》い上《あ》げてフリフリの濃いピンクの衣装を着た……少女漫画の主人公メリルの意地悪な姉も一緒に歩いてくる。

（出た、アンジェラー！）

実物を見るのは初めてだが、悪役のアンジェラはマーロウ王太子と比べると、ずいぶん

地味顔だ。顔の各パーツが小さめで、背もそこまで高くはない。

髪は王太子と同じ淡い金髪なので、余計に二人の違いが顕著《けんちょ》になっている。

(これは……嫌だろうな)

事あるごとに、美形で花のある兄の王太子と比べられれば、性格も歪《ゆが》むかもしれない。

そこに、同性の妹である美少女メリルが加わったなら尚更《なおさら》だ。

私も今の挨拶回りで「リュゼの従妹なのにコレかよ」という目で見られ、少しショックを受けている。

王族ともなれば、日常的に人の目に晒されるので精神的にキツイに違いない。

(……って、なにをアンジェラに共感しているんだ。メイドを全員黒子にする王女なんて、普通じゃないし！)

しかも、ノーラと同様に、彼女も濃いピンクのドレスが全く似合っていない。

アンジェラの場合は、ドレスの華美《かび》さや派手さによって、本人の存在が掻《か》き消《け》されていた。完全に、服に着られているという状態だ。

マーロウ王太子の後ろでツンとすましているアンジェラだが、客のほとんどの目は兄王子に集中している。存在感が薄い彼女の菫色の瞳は、感情を露《あら》わにすることなく、ただ前へ向けられていた。

会場に集まった貴族たちへの挨拶が終わると、ちょうど良いタイミングでダンスが始まった。中庭の隅に待機していた楽団が、この世界で主流の音楽を奏《かな》で始める。

「ブリトニー、僕たちも踊《おど》ろうか」

女性陣に大人気の従兄のリュゼが最初に声をかけたのは、なんと私だった……！

(まあ、最初に身内と踊るのは普通か。私にとっては、初の王都のパーティーだし)

周囲の令嬢たちの目がそれほど厳しくないのは、白豚なんてリュゼを争う上での障害にならないと侮《あなど》っているからだろう。敵意は感じられないが、蔑《さげす》みの感情は伝わってくる。

(そして、早くもリュゼの次のダンス相手を巡《めぐ》る争奪《そうだつ》戦が始まっている……！)

白豚は前座で、自分たちこそが真打だと言わんばかりの態度だ。

「ブリトニー、行くよ？」

「は、はい、お兄様。でも、私のダンスの腕前《うでまえ》は、ご存知の通り酷いもので……一緒に踊っても大丈夫《だいじょうぶ》ですか？」

「ダンス教師の足を踏んで骨折させていたものね。でも、僕は平気。踏めるものなら踏んでみるといい」

どこからそんな自信が出てくるのか。耳元で艶《あで》やかに言いきった従兄は、曲に合わせて私をリードし始める。たどたどしい動きの私を、完璧にフォローするダンスだ。

(さすが、リュゼお兄様。ソツがない)

踊るというよりも、彼の好きなように踊らされているという感覚。ダンス教師よりもうまいかもしれない。

「ブリトニー。そのドレス、よく似合っているよ」

彼の手が背に回り互いの体が触《ふ》れ合《あ》うと、踊るためだとわかっていても、なんだか落ち着かない気分になった。

「あ、あの……ドレス、ありがとうございました。お兄様の見立てのおかげですね」

私の答えに満足したのか、従兄は甘やかに目を細める。

「どういたしまして、ブリトニー。次は、もう少し細身のドレスをプレゼントしたいものだね」

最後に余計な一言がついてきたけれど、今日の彼は機嫌が良さそうだ。

そんなことを話している間に、曲はクライマックスを迎《むか》えてひと段落する。

結局、リュゼが私に足を踏まれることは最後までなかった。


ダンスが終わると、マーロウ王太子が笑顔で近づいてきた。

「やあリュゼ、ブリトニー！」

王都の学園で仲が良かったと言っていたが、こうして見ると本当に親しいらしく、リュゼの方も家ではあまり見せない年相応の自然な笑い方をしている。

（でも、私まで巻き込まないでもらえないかな……王太子に親しげに呼びかけられたせいで、無用な注目を集めてしまっているのだけれど）

ヒソヒソと、「あのデブ、王太子殿下と親しいのか？」やら「どうせ、リュゼ様のおまけだろ？」やら、勝手な噂話《うわさばなし》が耳に入った。

（なるべく目立ちたくないんだけどな）

婚約者探しも兼《か》ねてパーティーへ出席したものの、予想通り男性陣からの反応は冷たく、着《き》飾《かざ》った都会の令嬢からはクスクスと笑われ、悪役令嬢アンジェラまで現れる始末。

本当についていない。なんだか、惨《みじ》めな気分になってきた……。

（私、何をやっているのだろう）

石鹸などの宣伝は、リュゼがうまい具合にやってくれたものの、私はほぼ彼の横にくっついているだけで役に立てていない。まあ、十二歳児《さいじ》があれこれ言ったところで説得力なんてないのだけれど。

（でも……これじゃあ、なんのために王都に来たのかわからないよ）

しょんぼりしつつ従兄の後に待機していると、リュゼと話していたマーロウ王太子が、不意に私に話を振った。

「ところで、ブリトニー！　城の西の庭は見てくれたか？」

「庭？　というと、あのハーブの植わっていた場所でしょうか？」

「見てくれたのだな。あれらは全部、私のコレクションだ。あれを見せたくて、二階の西を君たちの部屋に指定した！」

「ええと、出入り自由とのことでしたので、思わず庭に出て温室に入ってしまいました」

「ああ、やっぱり興味を持ってくれると思った。君は私の同志だな！　もっと語り合いたいところだが、今は時間がない。あとで収穫《しゅうかく》した私のコレクションを分けてあげよう！

ぜひ、活用してくれ！」

「え？　あの？」

わけがわからず戸惑う私の手を取り、ぶんぶんと上下に振るマーロウ王太子。

勝手に同志認定《にんてい》されているのだけれど……なんの話だろう？

(石鹸や化粧水に興味を示していたし、そういうものが好きなのかもしれないな。男子にしては珍しいけれど)

それにしても、公衆の面前でこういうことをするのは、本当にやめてほしい。

(ほら！　アンジェラも、見てるし！)

菫色の瞳が、じっと自分を見つめているのを感じる。取り巻きフラグじゃないよね？

王太子が再びリュゼと話し始めるのと同時に、彼の背後に立っていたアンジェラが動いた。

「はじめまして。あなた、ブリトニーというのね。お兄様とは親しいのかしら？」

(ひいっ、話しかけられたー！)

つかつかと歩み寄ってきた王女様を拒絶《きょぜつ》する術《すべ》はない。名指しだし……

「いえ……最近お会いしたばかりです。従兄が仲良くしていただいています」

「お兄様があんな顔をなさるのは、珍しいの。よろしければ、私とも仲良くしてくださる？」

他の貴族もたくさんいる場所で、王女のお誘いを断れる勇気のある人物がいたら、ぜひともお目にかかりたい……私は無理でした。

返答に満足した王女は、これまた似合わないワインレッドの口紅をつけた唇《くちびる》の端《はし》をニヤリと持ち上げる。

（口の周りだけ異様に目立っていて、取って食われそうだよ！）

アンジェラは、まだ私との会話を続けた。

「そうだわ。お兄様と懇意《こんい》にしているあなたに、ぜひお聞きしたいことがありますのよ。ここではなんですから、後で私の部屋にいらして。絶対ですわよ！」

「……はい」

と言いつつ、私は心の中で叫《さけ》んでいだ。

（ああ、私の馬鹿。なんで普通に返事をしているんだ！）

でも、ここで王族の頼みを承諾《しょうだく》しないなどという選択《せんたく》はできない。

（ノーラの友人になったことに続いて、また処刑《しょけい》に一歩近づいてしまったかな……）


パーティーが終わってすぐ、私は黒子のメイドに追い立てられるようにしてアンジェラの部屋へ向かった。王女である彼女は、すでに自室に戻って私を待っているらしい。

私の様子がおかしいのに気づいたノーラが、心配してついてきてくれた。

アンジェラの部屋は、城の東側の一番日当たりの良い場所にあるようだ。

東の庭には、西の庭のように何種類かの地味な植物が植わっているのだが、黒子メイド曰く、あれらは全部毒草なのだとか。

少女漫画の中のアンジェラは、ブリトニーと同い年。しかし、十二歳の時点で、すでに立派な悪役に成長している。

王女の部屋の前に着き、メイドが声をかけると、すぐにアンジェラから入室許可が出た。

一緒に来たノーラも入っていいらしい。この顔ぶれ、ますます原作通りである。

「お待ちしておりましたわ」

黒と白と赤に統一された落ち着かない部屋の中、地味顔に濃いピンクのドレスを着たアンジェラだけが浮いている。

「お二人とも、どうぞおかけになって」

真っ赤な長椅子に案内された私たちは、おずおずとそこに腰掛《こしか》けた。黒子のメイドが紅茶を運んでくる。

「では、さっそくですが……ブリトニー、あなたにお聞きしたいことがありますのよ」

取り巻きになれと言われるだろうかと、私はドキドキしながらアンジェラの話を待った。

「聞くところによると、あなた、見かけによらず美容方面にお詳しいようですわね」

「え、美容ですか？」

意外な質問に、思わず聞き返してしまう。

しかし、隣の席から同意の声があがった。ノーラである。

「ええ、そうです。ブリトニーは、ハークス伯爵領で美容に関する様々な商品を生み出しているのです」

ノーラは、身を乗り出すようにして、アンジェラにそう訴えた。彼女としては、好意で王女に友人を売り込んでいるつもりなのかもしれない。

(でも、今回に限っては余計なお世話なの……！)

一刻も早く「役立たず」という烙印《らくいん》を押された上でここから解放され、二度とアンジェラには関わりたくない。それが私の望みなのだから。

急いで王女に対して「そんなことはないです」と言おうとしたのだが、それよりも早くアンジェラが口を開いた。

「では、今日の私を見て、どうお思いになる？　正直な感想をお聞きしたいのですけれど」

淡い金色の髪をきっちり結い上げた王女様は、菫色の瞳を瞬かせながら無茶な質問を繰《く》り出《だ》した。言葉に詰まった私は、しばしの間考えを巡らせる。

(これは……どう答えたらいいのだろう。美容と関係なくない？)

少女漫画のブリトニーならば、きっとおべっかを使うはずだ。漫画の中でも「素晴《すば》らしいですわ、美しいですわ」などと、むやみにアンジェラを褒《ほ》め称《たた》えていた。

けれど、私はアンジェラの取り巻きにはなりたくない……というのが本音。まだ十二歳だし、アンジェラの気分を害したとしても部屋から追い出されるくらいだろう。

(よし、正直な意見を言ってしまおう)

私は意を決した。

「王女殿下、率直《そっちょく》に申し上げます」

「ええ、よろしくてよ」

「……今日のご衣装は、王女殿下に全く似合っておりません」

言葉を発したと同時に、部屋の中に沈黙《ちんもく》が落ちた。不穏《ふおん》な空気を察知した壁際《かべぎわ》の黒子メイドが、こそこそと部屋から逃げ出している。十二歳の女の子に現実を告げるのは心が痛むが、私だって自分の死刑を回避したい。はっきりした言い方になってしまったのは悪いと思うけれど……

「思ったままを申し上げましたが、ご気分を害してしまったのなら申し訳ありません。私はここで退室を……」

「ちょっと、お待ちになって！　一体このドレスのどこが似合わないというの？　王都で流行の濃いピンク色だし、フリルだってたくさんつけさせて可愛くしましたわ。メイドたちだって、今日会った貴族たちだって、全員褒めてくれた……それなのに！」

顔を真っ赤にしたアンジェラは、身を乗り出して私に抗議《こうぎ》する。

彼女は、かつてのブリトニーと同じだった。周囲に「美しい」と言わせることを強要し、虚構《きょこう》の賛辞で束《つか》の間悦《まえつ》に入《い》る。けれど、どこかでそれが真実ではないと気がついてもいるはずだ。

だから、パーティーでも自信がなさそうだったし、わざわざ呼び出した私に自分の格好を評価させたのだろう。

王都のパーティーは、若者だけの気楽な集まりなどと言いながら、その実情は厳しい値踏みと格付けの場だった。

「王女殿下、本当はご自分でもわかっておられますね？」

「何を言っていらっしゃるの？」

「あまり酷いことを言いたくありませんが、偽《いつわ》りの評価を受け、自分をごまかし続けて、それで満足ですか？　あなたが真に欲《ほっ》しているのは、そんなものではないのでしょう？」

図星を突《つ》かれたアンジェラが息を飲む。その一瞬を見逃さずに、私は言葉を続けた。

「美しくなりたいのでしょう？　偽物《にせもの》の賛辞ではなく、心から周囲に褒めてもらいたいのでしょう？　今のままでいいのですか？」

黙りこくった王女を見ながら、私は今度こそ退室しようと席を立った。このまま部屋にいても、アンジェラに不快な思いをさせるだけだ。

しかし、立ち上がった私を尚《なお》も彼女が呼び止める。

「お待ちなさい！　まだ、先ほどの質問の答えをもらっていなくてよ！　このドレスが似合わない理由を具体的に教えなさい！」

感情的になったアンジェラは、ふるふると震《ふる》えながら私を睨みつけている。質問に答えるまで、この場から逃げられそうになかった。

（さっさと言うことを言って、この場から退散しなきゃ）

私は素直にアンジェラの質問に答える。

「王女殿下と、ここにいるノーラもですが、自分に合うドレス選びに失敗しているのです」

「どういうことですの？　このドレスは王都一の職人に作らせたものでしてよ？」

「ええ、そのドレスが良いものであることは間違《まちが》いありません。ふわふわひらひらした花のようなドレスに憧れる、あなたのお気持ちもわかります。しかし、悲しいことに、私たちにはそのようなドレスは似合わない……」

そう言いきると、アンジェラとノーラが同時にのけぞった。

「な、なんですって！」

「そんな、身も蓋《ふた》もない……」

その気持ちはよくわかる。過去のブリトニーも、可愛らしいピンクのひらひらドレスに憧れていた時期があった。そんな乙女心を密かに持っている女子は多いと思う。

だが、悲しいことにそういったドレスは着る者を選ぶのだ！

似合わない人間が可愛らしいドレスを身につけても、着こなしきれずに変に浮くだけ。フリルにまみれた可愛い女の子の夢は、同時に露骨《ろこつ》な残酷《ざんこく》さを併《あわ》せ持《も》っていた。

「まずは王女殿下ですが、あなたの清楚《せいそ》な品の良さをドレスが打ち消しています。あなたには、暗く濃い色より明るい色が似合う。同じピンクでも、ノーラの着ているような色の方が合うと思いますよ」

悪役令嬢にもかかわらず、アンジェラは淡いパステルカラーが似合ってしまう顔だ。

キツめの地味顔だが、形はある程度整っているので、清楚系やミステリアス系を極《きわ》めれば、将来美しく化ける可能性がある。

「次に、ノーラ。残念だけれど、あなたの凛《りん》とした雰囲気《ふんいき》に儚《はかな》げなピンクは合わない。もっとシックなドレスで格好良く装《よそお》えば、男性だけでなく女性だって見惚《みと》れると思うわ。そして、私は体型や髪や目の色からして……総合的にピンクが似合わない。まあ、この体型なので淡い色は問題外です」

所詮《しょせん》、悪役三人組――乙女の憧れるドレスが似合うのは、主人公メリルのようなふんわりした雰囲気の可憐《かれん》な少女だけなのである。

こんな風にはっきり言われるのは初めてだろう。アンジェラは、かなりショックを受けているように見えた。

「……ブリトニー。あなたが王女の衣装係なら、私に何色のドレスを着せるのかしら？」

「素人の意見ですが、王女殿下の瞳と同じ淡い菫色でしょうか。口紅も明るい色を選んで、髪は少し緩《ゆる》めに結い上げたいですね」

前世の私は、アンジェラのような地味顔だった。良く言えば大和撫子《やまとなでしこ》、悪く言えば土産《みやげ》物《もの》のこけし……

人は、外見で判断する生き物だ。初対面の人と話す時、相手の印象は半分以上見た目で決まるという。残りのほとんどは声や言葉遣い、会話内容に至っては一割未満しか印象に残らない。見た目で「嫌い」と判断されてしまうと損なのだ。

「……そう、なかなか興味深いお話でしたわ。もう、結構よ」

ティーカップを置いてため息をついたアンジェラがそう言ったので、私はノーラを連れてそそくさと王女の部屋を後にする。

（これで、アンジェラには嫌われたわね）取り巻きになる可能性は消えたわね）

そう思いながら、私は自分に用意された客室へ向かった。

「ノーラ、ごめんね。あなたのドレスまで悪く言ってしまって」

「いいえ、私も似合わないと気づいていたから。やっぱり、自分が好きなものと、自分に似合うものは違うわね。うちのメイドたちは『似合います』なんて、私にゴマをすっていたけれど、ブリトニーに正直に言ってもらえてスッキリしたわ」

「それでも、ごめん」

「ふふ……じゃあ、今度新調する時は、ドレス選びを手伝ってくれるかしら？」

「……私でよければ」

「決まりね。あと、リュゼ様の好きな女性のタイプを知っていたら教えてほしいわ」

やはり、ノーラは私の従兄のリュゼに好意を寄せている。

「……あの人は、やめておいた方がいいと思うけど」

「なあに、嫉妬《しっと》？　ブリトニーも、リュゼ様に憧れているの？」

「滅相《めっそう》もない、あんな人と結婚《けっこん》なんて考えられないわ。ノーラはリュゼお兄様の中身を知らないから、そんなことが言えるんだよ。あの人はね……」

客室の前で、女子トークを繰り広げていると、徐々《じょじょ》にノーラの顔色が悪くなる。

「どうしたの、ノーラ？　私の後ろを見ているみたいだけれど……」

何かあるのかと思い振《ふ》り返《かえ》ると、すぐ近くに爽やかな笑顔の従兄が立っていた……！

「ふふ……そんな風に、あからさまに批判されると傷つくなあ。ねえ、ブリトニー」

ニコニコと爽やかに笑うリュゼに気圧《けお》され、私は引きつった笑みを浮かべた。艶《つや》めいた青い双眸《そうぼう》に見つめられ、とても居心地《いごこち》が悪い。

「ぐっ、ぐふふ……冗談《じょうだん》ですよ、リュゼお兄様。自慢《じまん》の従兄を批判なんて、するわけがないですとも」

「そうだよね、可愛いブリトニーがそんなことをするはずないよねえ」

そう言いながら、リュゼは私に近づき顔を覗き込んでくる。お兄様、もう勘弁してください……！

「ところで、殿下が君を探していたよ。渡したいものがあるから、部屋に来てほしいって」

「……わ、わかりました。王太子殿下にお会いするには、どちらへ行けばいいですか？」

「ああ、案内役が来ているから大丈夫。ほら……」

リュゼが示す方を見ると、二人の侍従《じじゅう》が立っている。

「とりあえず、行って来ます。ノーラ、また後でね」

私は、笑顔の怖い従兄から逃げるようにその場を後にした。王太子のもとへ行くのも緊張するが、このままリュゼのそばにいるよりマシである。

綺麗に磨《みが》き上《あ》げられた広い廊下《ろうか》を進み、ひときわ大きな扉《とびら》の部屋の前に立つ。

扉の前にいた侍従と私を連れてきた侍従がやりとりし、しばらくすると入室の許可が出た。ここは、王太子の客人をもてなすための部屋のようだ。

「ブリトニー！　待っていたぞ！」

奥の長椅子から優雅に立ち上がり、こちらに歩いてくるのは、金髪の眩《まぶ》しい美形のマーロウ王太子本人である。

「私に会うより先に、アンジェラに捕まっていたらしいな。何もされなかったか？」

「ええ、特には……ドレスについてのお話をしただけです」

「よかった。あれは、気に入らない者には容赦《ようしゃ》のない女だからな」

何気ない会話に、背中から脂汗《あぶらあせ》が噴《ふ》き出《だ》す。

（どうしよう。アンジェラに、とんでもないことを言ってしまった。仕返しが怖い……）

私の変化に気づかないマーロウ王太子は、マイペースで会話を続けた。

「そうだ、私のコレクションを持ってきたぞ。王城では、なかなか趣味を語り合える仲間がいなくてな。ブリトニーに出会えてよかった」

「あの、コレクションとは？」

「これだ。西の庭のハーブを摘《つ》んで乾燥させている」

男性らしからぬ白魚のような指で彼が指し示した先には、少し背の高いテーブルがあった。立ち上がった王太子が、私を促《うなが》しつつテーブルに近づく。そこにあったのは、素晴らしい全国各地のハーブコレクションだ。

細々と分類されているハーブは、全て良い保存状態で管理されている。

「ブリトニーの仕事に、これらを役立たせることはできるだろうか」

「ええ、もちろん。ですが、王太子殿下がハーブを育てているのは意外でした……どんなことにお使いになるのですか？」

「主に自分の体調管理だな。最近は普通にハーブティーにハマっているし、石鹸や化粧水などにも興味がある。男がこんなことを言うのは、周囲から歓迎《かんげい》されないのだがな」

「おかしなことはありません。性別を問わず、美意識が高いのは良いことだと思います」

現代日本にも、男性向けの石鹸や化粧水は存在するし、エステだってあった。

ほとんどの人が、外見を全く気にしないよりも、身ぎれいにしている者の方を好ましいと思うだろう。

「そう言ってくれると嬉しい。この趣味は、親しい人間にしか打ち明けないのだが……やはり、変わり者と思われているだろう。剣《けん》の稽古《けいこ》よりも編み物が好きだし、狩猟《しゅりょう》よりもハーブの栽培《さいばい》や美容研究が好きなのだ」

「編み物もできるのですか」

「プロには及ばないが、そこそこうまいと思うぞ？」

なるほど、マーロウ王太子はいわゆる乙女系の王子様のようだ。

王族なので料理はしないものの、刺繍の腕も良いし、音楽や絵画や詩の才能もあるらしい。そういえば、少女漫画の中でも彼は鍵盤《けんばん》楽器を弾《ひ》いたり、弦楽器《げんがっき》を弾いたりしていた。

「羨ましいです。私は、どうもそういうのは苦手で、最近刺繍がなんとか様になるようになったばかりなので。詩も音楽もさっぱりですし……」

「詩は練習しておいた方がいいぞ。この国では、恋文《こいぶみ》に詩を添《そ》えることが多い」

「そうなんですか？　初めて聞きました」

「ブリトニーには、まだ少し早い話かもしれないな。練習に、ここで何か書いてみないか」

そう言うと、マーロウ王太子の使用人が紙とペンを差し出した。

（この世界の紙の技術は割と発達しているよね。そんなに質は良くないけれど……）

発達している文化としていない文化がちぐはぐなので、前世の記憶が戻った当初は少し混乱したものだ。ペンを手に持った私は、家庭教師による授業を思い出し、今回のパーティーについてのお礼の詩を書く。

（恋文を送りたい相手なんてまだいないし）

家庭教師からの評価は散々だったが、こういうのは気持ちの問題だと思っている。心がこもっていればいいのだ……たぶん。

（詩の得意な王太子に評価してもらえる機会なんて、そうそうないものね）

出来上がった詩を、マーロウ王太子に渡すと、彼は菫色の目をキラキラと輝かせ始めた。お礼の詩とはいえ、目の前で見られるのは少し恥《は》ずかしい。

「ふむ、これは素晴らしい！」

マーロウ王太子は、私の書いた紙を掲《かか》げ持ち、嬉しそうに笑っている。

「ええっ？　本当ですか？」

「ああ、とても独創的な言葉の選び方、斬新《ざんしん》な組み立て方。こんな詩は初めて見た！　これは……ぜひ、リュゼやリカルドにも見せたいな」

「いや、それは恥ずかしいんですけど」

と言いつつ、芸術方面に明るい王太子に褒められた私はいい気分になった。

「ブリトニー。私のことは、マーロウと気安く呼ぶといい。君は、我が同士だ」

「……はあ、光栄です。マーロウ様」

この王太子様は……やはり変わっている。少女漫画の中で見せていた主人公の兄らしい姿は、彼の一面でしかなかったのだろう。

しばらくの間、私たちは互いの趣味について語り合った。

「マーロウ様、ご自分で薬草研究をされていることは素晴らしいと思います」

「そうだろう。城の医師も驚く品揃《しなぞろ》えだからな。おかげで、この通り健康体だ。万が一の時に備えて、解毒薬なども数種類作ってある」

「解毒薬が必要なんて、物騒《ぶっそう》ですね」

「王宮内で私を狙《ねら》っているものは多い。だが、これらの薬のおかげで毒の類は、私にはほぼ効かないぞ」

「ですが、マーロウ様の命を奪《うば》う方法は、毒だけではないでしょう？　完全に身を守るためには、他の予防も必要ではないですか？　怪しい人に気をつけるとか……」

あの少女漫画の中で、彼の死因は刺客による刺《さ》し傷《きず》だった。いくらハーブを集めていても、対処できるものではない。事件が起こるのは数年先だが、今から注意しておいた方がいいと思う。

「ははは、ブリトニーは優しいな。君の言う通り、これからは防犯にも重きをおくようにしよう」

どこまで本気で言葉を受け取ったのかは謎《なぞ》だが、王太子は笑顔で同意してくれた。少しでも、彼の身の危険が遠ざかればと思う。ストーリー上の展開でやむを得ないとはいえ、知り合いが死ぬというのは嫌だ。

その後、マーロウ王太子は、彼のコレクションの全種類を私に分けてくれた。非常に気前の良い王子様である。

リュゼに用事があると言う彼と共に、従兄や元婚約者リカルドのいるフロアへと向かう。ちょうど二人は部屋の外に出ていて、何やら話をしているみたいだった。私たちに気づき、同時にこちらを振り返る。

「殿下、もういいのですか？」

「ああ、楽しいひと時を過ごせた」

そう答えた王太子は、懐《ふところ》からゴソゴソと紙を取り出す。その紙には、非常に見覚えがあった……先ほど、詩を書いた紙である。

「見てくれ、ブリトニーが私に送ってくれた詩だ！　素晴らしい出来だと思わないか⁉」

「ちょ、ちょっと！　マーロウ様！」

あろうことか、王太子は私の作品をリュゼたちの前で披露《ひろう》した。彼に褒めてもらえた自信作だが、こんな形で晒されるなんて恥ずかしい。

「お菓子を食べたら太る、人間だもの。どうしてかしら、ランニングをしすぎて胸の高鳴りが止まらないの。ぶりとにー。……こ、これは……ぶふっ！」

「ぐっ！　確かに、傑作《けっさく》だ……！」

しかし、二人の反応は予想とは違う。なんだか様子がおかしい。

完璧なリュゼの笑顔が、ヒクヒクと痙攣《けいれん》している。そして、リカルド……なんで向こう側を向いて震えているの？

「いや、実に芸術的な作品だと思いますよ」

俯きがちな従兄が、王太子に同意するが……決して褒めているわけではないと思う。リカルドに至っては、震えすぎてコメントすらできない状態だ。

マーロウ王太子は満足そうな笑みを浮かべ、私の作品を懐に戻した。たまたま王子様の琴線《きんせん》に触れただけであって、私の詩の才能は相変わらずだったらしい。

（……黒歴史を増やしてしまった）

今更《いまさら》、マーロウ王太子から詩を取り戻すことは不可能。あの作品が他人の目に触れないように祈《いの》る他ない。

こうして、王太子と仲良くなり、王女を怒《おこ》らせてしまったであろう私は、翌日再び馬車に乗り領地に帰ることとなった。マーロウ王太子は、私に残ってほしそうにしていたけれど、アンジェラが怖すぎて城にいたくない。私は領地でダイエットをし、安全な、どこか城から遠く離れたところへお嫁に行きたいのだ。

帰りの馬車に乗る際に、ちょっとした騒動《そうどう》が起きた。リカルドの従妹のリリーが、リュゼと一緒に馬車に乗りたいと言い出したのだ。そして、ノーラもそれに追随《ついずい》する。

結局、帰りの馬車は、リュゼとリリーとノーラの三人で乗ることになったらしい。

「お兄様は、本当に女性に人気がおありですねえ」

ニヤニヤと笑う私に向けて、従兄が笑顔で反撃《はんげき》した。

「ふふ、ブリトニーも僕と一緒に乗りたかったのかい？　せっかくだけれど、こちらはもう定員オーバーなんだ」

「ぐっ……！」

お前のケツはデカいから、一緒に乗るのは無理だと遠回しに言われた気がする。

おのれ、腹黒……！　許すまじ！

(リュゼお兄様と一緒より、リカルドと一緒の方がいいや)

ちょっとシャイだけれど、根はいい人そうなリカルド。これを期にもっと仲良くなりたいな。

「リカルド、よろしくね」

「ああ……」

そう答えたリカルドだが、私の顔を見るなり横を向いて吹き出した。

どうやら、まだあの詩の文面が頭から抜けきらないらしく、体を折り曲げて震えている。

彼の笑いのツボはよくわからない……

無駄《むだ》に広い馬車に、二人で向かい合って座る。

「人の顔を見て爆笑《ばくしょう》するの、やめてもらえる？」

「だって、お前、ふ、ふふ、あれはないだろ……」

「王太子殿下は、素晴らしいって言ってくれたし」

「あの人は芸術家だから、ちょっと感性が独特なんだよ」

リカルドはパーティーでは助けてくれたけれど、もともと「嫌いだ」と言われていたので、馬車の中で微妙な空気になるかと心配したけれど、杞憂《きゆう》だったようだ。

「なんだか色々なことがあったけれど、無事に帰れて安心したわ」

「そうか？　俺は、勉強になってよかったと思う。来年から王都に滞在する予定だしな。リュゼと同じ学園に通うんだ」

この国の貴族の子息が通う王都の学園には、十三歳から入学できる。ただし、女子は、家庭教師から勉強を学ぶので学校自体がない。

しばらく、リカルドに会えなくなってしまうのだ。

「そっかあ、寂《さび》しくなるね」

「……お前の『寂しい』は、頼み事ができる人間がいなくなって困るというだけだろうが」

「ソンナコトナイヨー」

実際は、リカルドの言う通り少し困っている部分もある。寂しいのも本音だけれど、気軽に頼み事のできる相手がいなくなるのは不便だ。

「まあ、夏と冬の長期休暇《きゅうか》には実家に戻るけどな」

その時期は、多くの生徒が実家に戻るらしい。この世界の学園にも、前世と同様に夏休みと冬休みがあるようだ。

帰りの道すがら、リカルドは色々なことを教えてくれた。通った街の特徴《とくちょう》や、建築物の違いについて、畑の作物についてなどなど……一歳しか違わないというのに、彼の知識量は怠け者《なまもの》ブリトニーとは比べ物にならないくらい豊富だ。

「色々教えてくれてありがとう。リカルドって、いい人だね」

最初の印象は互いに悪かったが、今は彼と仲良くなれた気がして嬉しい。そんな帰り道だった。

ブリトニーの体重、六十キロ

十三歳

7：新たな季節と新たな借金

王都の城から帰って数ヶ月が経過し、春が来た。

私は十三歳《さい》になったものの、体重は相変わらずの六十キロ。とはいえ、髪《かみ》と肌《はだ》はツヤツヤのツルツルで悪臭《あくしゆう》もすっかりなくなった。フローラルな香りのするピチピチのぽっちゃり系女子だ。

麗《うら》らかな春の訪《おとず》れや十三歳の誕生日は嬉《うれ》しいが、ハークス伯爵《はくしやく》領内では、そうも言っていられない事態が起こっている。

私やリュゼが城へ行っている間に、また借金が増えてしまったのだ。

今まで目を光らせていた従兄《いとこ》の不在時に、彼《かれ》の両親の浪費《ろうひ》の虫が動き出したらしい。

リュゼの両親は温厚《おんこう》な伯爵に金の無心をし、人は好《い》いが金銭感覚がずれている祖父は、あっさりとそれを承諾《しようだく》。両親は投資話に乗って金をつぎ込んだのだが、リュゼが王都から戻った時は投資を持ちかけた詐欺師ごと金は消えていた。

もうすぐ借金がゼロになるという矢先の事件で、私は毎日不機嫌《ふきげん》な従兄を見てはおののいている。迷惑《めいわく》なことに、彼は私の前でだけ本性《ほんしょう》を露《あら》わにするのだ。

(まあ、リュゼお兄様が不機嫌になるのも仕方がないよね。私も複雑な気持ちだし)

頑張《がんば》って稼《かせ》いだお金が、またマイナスになってしまったのはショックである。私も従兄に協力して、再び借金完済を目指したい。

幸い、石鹸《せっけん》の売れ行きが好調で、定期的な収入も増えているようだ。以前よりは苦労せずに、お金を集められるだろう。

「ブリトニー、乗馬の家庭教師が来たよ」

研究室でマーロウ王太子のハーブをいじっていた私を、従兄が呼びに来た。

「ありがとうございます、リュゼお兄様。行ってまいります」

最近になって、私はかねてから興味のあった乗馬を始めた。まだ初心者なので、家庭教師同伴《どうはん》でゆっくりと庭を歩き回るくらいだが。

春の庭は、たくさん花が咲《さ》いていて楽しい。冬眠《とうみん》から目覚めた小動物たちも、元気良く庭を駆《か》け回《まわ》っている。楓《かえで》の木を上り下りしているリスに、生垣《いけがき》の中からは小さなハリネズミも顔を出していた。

今までのブリトニーは外になんて興味がなかったが、私はこの庭を気に入っている。

乗馬を終えて屋敷《やしき》に戻《もど》ると、いつもとは異なる雰囲気《ふんいき》がした。使用人に聞けば、リュゼの両親が来ているらしい。

（嫌《いや》な予感がする……）

少しだけ開いていた扉《とびら》から客室の様子を窺《うかが》うと、案の定、長椅子《ながいす》に腰掛《こしか》けたリュゼと彼の両親が睨《にら》み合《あ》っている。

当主の祖父はというと、一人でオロオロしているだけだった。子供と孫の言い争いに心を痛めているのか、少しだけしょんぼりしている。

「ですから、今後は、あなたたちと絶縁《ぜつえん》したいと言っているのです」

「リュゼ、何を勝手なことを！　そんなことは、許されないぞ！」

扉の向こうでリュゼの父が怒鳴《どな》った。彼は、恰幅《かっぷく》のいい中年男性で、リュゼとは全然似ていない。祖父曰《いわ》く、従兄は亡《な》き祖母に似ているそうだ。

そんなリュゼは、実の両親相手に冷静に言葉を繋《つな》ぐ。

「あなた方二人の散財行為《こうい》のおかげで、伯爵家の家計は火の車なのですよ。今まで、僕《ぼく》は何度も忠告してきましたよね？　長年抱《かか》えていた赤字がようやく解消されるという時に、お祖父様からお金を巻き上げて、それでも足りずにまた金の無心ですか……息子《むすこ》として、情けない限りです」

我《わ》が子に責め立てられ、今度はリュゼの母親が金切り声をあげた。

「お父様！　今からでも遅《おそ》くはありませんわ、私の夫を次期伯爵に指名してくださいませ！　リュゼはまだ若く、物事をわかっていないのです！　だから、こんな非常識なことが言えるのですわ！」

夫婦揃《ふうふそろ》って、迷惑な大声だ。祖父がますます萎縮《いしゅく》してしまった。

（お祖父様、大丈夫《だいじょうぶ》かな……二人に押《お》しきられないといいけれど）

ハラハラして見守っていると、不意に祖父がこちらを向き、扉の陰《かげ》から覗《のぞ》いている私に気がついた。

「おお、ブリトニー！　ようやく戻ってきてくれたのかい！」

地獄《じごく》で仏にあったかのような切羽《せっぱ》詰まった表情を浮《う》かべ、私の名を呼ぶ祖父。

この空気をなんとかしたかった気持ちはわかる。

（でもさ、この状況《じょうきょう》で私が出て行ったら、余計に事態がややこしくならない？）

そうして、私は微妙《びみょう》な空気の部屋の中に入らざるをえなくなってしまった。

（……とても気まずい。伯父様《おじさま》と伯母様《おばさま》から、あからさまな殺気を感じるよ）

父の姉である伯母はすでに嫁《よめ》に出た身、そして伯父はその婿《むこ》。

以前からこの二人は、長男だった父の娘《むすめ》である私を邪魔《じゃま》だと思っているのだ。

さっさと姪《めい》を追い出し、祖父を引退させて、この屋敷を自分たちのものにしてしまおうと目論《もくろ》んでいる。

「いい案を思いついたわ！　ブリトニーがこの家を出て行けばいいのよ！　この際、老人の後妻でもいいから適当な家に嫁にやって……」

リュゼの母――伯母が私に矛先《ほこさき》を向けて叫《さけ》ぶ。伯父もそれに便乗した。

「そ、そうだ。金食い虫のブリトニーがいなくなれば、伯爵家の出費も減るだろう。こっちに金を回してもらえるかもしれん！」

本当に金のことしか考えていない二人に、私はげんなりした。身勝手な言い分を並べる彼らは、自分たちが使うお金を誰が生み出しているか理解できているのだろうか。

（……まあ、過去の私も、他人のことをとやかく言えないけれど）

呆《あき》れて物も言えない私の代わりに、従兄が反論している。

「ブリトニーは、あなたたちのような金食い虫ではありませんよ。むしろ、今はハークス伯爵領に貢献《こうけん》してくれています」

「そんなはずはっ！　だって、ブリトニーはあれだけ無駄遣《むだづか》いをしていたじゃないの！　アスタール伯爵家との婚約《こんやく》の話も駄目《だめ》にして……」

「それは、いつの話ですか？　現在の伯爵家の収入増加は、ブリトニーの活躍《かつやく》によるところが大きい。婚約の件は残念でしたが、今や王太子殿下《でんか》の覚えもめでたい彼女《かのじょ》を、理由もなく追い出すなんてできません」

「リュゼ！　あなたの意見は関係ないのよ、ここは当主であるお父様に意見をお聞きしたいわ！」

伯父と伯母に詰め寄られた祖父《つ》《ょ》は、彼らをじっと見つめて口を開く。私に関することなら、良くも悪くも彼は絶対に折れない。

「誰《だれ》がなんと言おうと、可愛《かわい》いブリトニーは、どこにもやらん！　それから、お前たちとの絶縁云々《うんぬん》に関しては、リュゼに一任してある」

「リュゼは、まだ十八歳になったばかりですよ！　そんな判断を下せるような歳《とし》ではありません！」

「いや、リュゼは万が一に備え、絶縁が認められるよう王家に根回しをしているらしい。王太子殿下との仲の良さは、知っておると思うが。以前、殿下が秘密裏《ひみつり》にうちを訪問されたのじゃ。その折に……」

「そんな、リュゼ！　嘘《うそ》でしょう？　私たち、家族よね？」

長い髪を掻《か》きむしった伯母が、また金切り声をあげた。彼女の声は、いちいち耳に障《さわ》る。普段《ふだん》はリュゼのことなど放置しているくせに、こういう時だけは血の繋がりを主張してくる。

（リュゼは、幼い頃《ころ》から苦労してきたのだろうな）

性格が多少アレなのも、仕方がないのかもしれない。両親が揃って問題ありで、祖父は頼《たよ》りなく、従妹《いとこ》は馬鹿《ばか》な白豚《しろぶた》。

彼は、若くして世間と戦わざるを得なかったのだろう。たった一人で。

前世の記憶《きおく》が戻り、従兄の行動を冷静に見られるようになると、嫌でもわかることがあった。

リュゼは、ハークス伯爵領を立て直すのに必死で、ずっと孤独《こどく》に奮闘《ふんとう》し続けてきたのだと。しなければならないことを、ただ一人で淡々《たんたん》とこなしてきたのだ。

けれど、そのような地道な努力を知る者は少ない。

「どうして、そんな人でなしに育ってしまったの！」

伯母は、尚《なお》もリュゼを責め続けている。実の両親から言いたい放題言われたら、いくら従兄でも何も思わないわけではないと思う。

我慢《がまん》できなくなった私は、彼らの話に割り込んだ。

「リュゼお兄様を責めないで！　人でなしなのはあなた方でしょう。実の息子にこんなことを言わせて恥《は》ずかしくないの？」

「ブリトニー、あなたは黙《だま》っていなさい！　リュゼもよ。ここは、何もわかっていない子供の出る幕じゃないの」

「伯母様こそ黙ってください。何もわかっていないのは、あなたです……！　うちが借金をするたびに、リュゼお兄様が関係者に頭を下げて回っているのをご存知ないでしょう？　ハークス伯爵家が何度も借金の申し込みができるのは、彼が各方面の信頼《しんらい》を得ているからです」

記憶が戻ってからの私は、リュゼの行動をちゃんと見ていた。

祖父の代わりに他の貴族とやりとりし、様々な商人と渡《わた》り合《あ》ってきたのは全て従兄だ。

「な、何を言っているの？」

「領地経営にしてもそうです。馬だけで稼ぐことができなくなったハークス伯爵領を立て直したのは、リュゼお兄様なのですよ」

「でも、まだリュゼは十八歳で若くて……」

「あなたたちは、その十八歳の息子に迷惑をかけてばかりで何も思わないのですか？　二人が贅沢《ぜいたく》できているのは、お兄様が頑張って領地を豊かにしてくれているからなのに。まあ、以前の私も迷惑をかける側だったから、これ以上は控《ひか》えますけどね……少し冷静に考えてください」

個人的にリュゼが好きか嫌《きら》いかと聞かれたら、少し苦手と答えるだろう。けれど、彼の領地改革に関する努力は本物だ。性格に難ありの従兄は、改良した馬やワインの生産で、傾《かたむ》いたこの領地を立て直そうとした。

私も石鹼や化粧水《けしょうすい》を開発したが、リュゼがいなければ収入には繫がらなかった。社交界に出たこともない子供が新商品を大々的に売り出しても誰も信用しないし、そんな商品を欲《ほ》しいとも思わないだろう。

今のハークス伯爵領は、彼なしでは回らないのだ。さすがの祖父も伯父と伯母に愛想《あいそ》が尽《つ》きたみたいで、険しい表情で長椅子から立ち上がった。

「お前たちには、失望した。もうこの屋敷には来ないでくれ。可愛い孫たちへの接触《せっしょく》も控えてほしい」

絶縁の件は保留になったが、今回のことは伯父と伯母にとって、良い教訓になったのではないだろうか。

彼らは屋敷へ来ることを禁じられ、今後は金の無心も全て断ることが決まった。

二人が帰った後、祖父は事務仕事をするために書斎《しょさい》へ向かう。優柔不断《ゆうじゅうふだん》な祖父だが、書類を読んだり書いたりするくらいはできるのだ。

静かになった部屋の中には、不穏《ふおん》なオーラを放つリュゼと私だけが残された。

（微妙な空気だな……私も研究室に戻ろう）

扉に手をかけようとする私を、長椅子に腰掛けたままのリュゼが呼び止める。

「ねえ、ブリトニー。君が僕を援護《えんご》してくれるなんて思わなかったよ」

「そうですか、私も援護する気はなかったのですが、つい腹が立って口が滑《すべ》ってしまいました」

「君のおかげで問題が解決できた、ありがとう。ところで、ふと思ったんだけど……」

長椅子から優雅《ゆうが》に立ち上がったリュゼは、青い目で私を射抜《いぬ》く。

「……君は、一体何者なのかな？」

リュゼの問いかけに、私はぎこちない動作で首をかしげた。

「お兄様、まだ若いのに物忘れですか？　私は、あなたの従妹のブリトニーですよ？　大丈夫ですか？」

「ああ、うん、ボケてはいないから心配しないで。でも……ずっと一緒《いっしょ》に暮らして、君を間近で見てきたけれど、どうも違和感《いわかん》があるんだ。お祖父様は悪い意味で過保護だから、君の変化を受け流しているけどね」

私がリュゼを見てきたのと同じように、彼もまた私を見ていたらしい。

「ちょっとだけ、痩《や》せたからじゃないですかね？」

「そうかな？　時折、まるで、ブリトニーに何かが取り憑《つ》いているみたいに感じる時があるんだ。そもそも、言動が十三歳に思えないし」

「……思春期の女の子は、成長が早いものですよ」

適当なことを言ってリュゼの追及《ついきゅう》を躱《かわ》すが、この従兄は簡単にごまかされてくれない。

「そもそも、君の知識はどうやって得たものなの？　調べたけれど、うちの書斎に温泉や石鹸に関する本は一冊もなかった。家からほとんど出たことのなかったブリトニーに、そういうことを知る機会があったとは思えない」

じりじりと近づいてきたリュゼは、私が逃《に》げ出《だ》さないように扉に両手をついた。すぐ近くに彼の整った顔が迫《せま》り、落ち着かない気持ちになる。

年下の従妹相手に、無駄に色気を振《ふ》り撒《ま》かないでほしい。

「ねえ、ブリトニー。何かを隠《かく》しているのなら、正直に教えてくれないかな。僕たち、家族だよね」

私の顎《あご》を片手で持ち上げた彼は、顔を逸《そ》らすことを許さなかった。

「ぐっ、ぐふふ……ですから、普通《ふつう》に成長しただけですってば。温泉については、ええと、屋敷に来ていた商人がそんなことを言っていたような。石鹸は、偶然《ぐうぜん》の産物です」

「僕から見て、視線が左上にある。悲しいな、嘘をつかれるなんて」

「うぐっ……？」

前世で読んだ心理学の本に、そういうことが書いてあった気がする。

相手から見て視線が左上なら嘘をついていて、右上なら真実を言っていると。ついでに、左下は感情を思い出そうとしていて、右下は自問自答している時だそうだ。

文明が遅《おく》れがちな少女漫画《まんが》の世界なのに、心理学だけ普通に発達しているなんて困る。

「そう警戒《けいかい》しないでよ」

「このような言いがかりをつけられて、警戒しない方が無理だと思うのですが」

とりあえず、この壁《かべ》ドン状態をなんとかしたい。深い意味はないだろうが、心臓に悪いと思う。

「一体、お兄様は、私が何と言えば納得《なっとく》してくれるのですか？」

「本当のことを教えて。ブリトニーは、何かを隠しているよね？」

「仮に隠しているとして……荒唐無稽《こうとうむけい》な話だったらどうします？」

「それでもいいよ。僕は君のことを知りたい」

深い海のような青色の瞳《ひとみ》に見つめられ、私は少し考えた。

(この場から逃げるために、本当のことを言ってしまおうか。どうせ嘘のような話だし)

たとえ私の視線の位置で真実かどうかを見抜《みぬ》いているとしても、話したことをリュゼが信じるとは思えない。

整った顔で私を見下ろす従兄に視線を合わせた私は、ゆっくりと口を開いた。

「お兄様は、前世って信じます？」

「……え？」

「私には、以前別の人間として生きてきた記憶があるんです。正確には、婚約破棄《はき》をされた日に、その記憶を思い出しました」

リュゼは無言で私の顔を覗き込んでくる。嘘かどうかを確認《かくにん》しているのだろう。

「前世の私のいた世界は、ここよりも文明が進んでいました。石鹸は、そこで作ったことがあったので……他の商品に関しても、前世の知識で作りました。材料が揃わないので、完全に同じようなものはできませんけど」

「……へえ」

「前世の私の年齢《ねんれい》が、リュゼお兄様の少し上くらいだったので、そのせいで違和感を覚えておられるのだと思います……って言ったら信じてくれます？　まあ、お兄様の教えを受けてわざと視線は右上に固定していますし、全部私の作り話ですけどね」

早口でまくし立て、隙《すき》をついて私は従兄の腕《うで》の中から脱出《だっしゅつ》した。

（よし、逃げきったぞ！）

……と思ったら、ばっちり手首を摑《つか》まれていた。脱出失敗。

「前世に関しての話が本当かは、よくわからないけれど……僕は今の君にとても興味があるよ」

深海の水のような青色の双眸《そうぼう》を細め、じっと私を見つめるリュゼ。

「そんな興味は持たなくていいです。私はただの肥満令嬢ですから」

「アンジェラ王女の話し相手にするのは勿体《もったい》ないかな……くらいには評価しているけど」

「本当ですか？　ぜひ、その方向で王都へ行く件は完全に断ってください。私は痩せて、伯爵家といい感じのコネが作れる家にお嫁に行くのです。六十キロからは、なかなか体重が減りませんが……」

不思議そうな表情の従兄が、キョトンと首をかしげる。

「夜食をやめればいいんじゃないの？」

「夜食って？　なんのことですか？」

「夜中に厨房《ちゆうぼう》の食材を漁《あさ》っているよね？」

「……え、うそ。まさか」

私の頭に、過去の出来事がよぎった。

ダイエットを始めてすぐの頃、夢遊病で厨房に辿《たど》り着いたことがある。

あの時は目が覚めたが、そのまま食事をして、気づかずにベッドに戻っているとすれば、恐《おそ》ろしいことだ。

「あれからも、夜中に食べていたってこと!?」

従兄の前だというのに、思わず大きな声を出してしまった。

(早急《さつきゆう》に対策をしなきゃ……！)

今度こそリュゼの手を振《ふ》り払《はら》った私は、全力疾走《しつそう》で大きな地響《じひび》きを立てながら部屋に戻った。後ろで彼がクスクス笑っていたけれど、振り返ってはならない気がした。

部屋に逃げ帰った私は、ホッとため息をつく。

（今後のことを、考えないとな……）

話は変わるが、近頃のハークス伯爵家の求人倍率はものすごく高いらしい。

コックが作る美味《おい》しいまかない料理に、自由に使える温泉、子供の教育もしてもらえるし、試作品の石鹸や化粧水をもらえる……などの特典が、人々の目を引いているようだ。

従兄のリュゼが質の悪い使用人の入《い》れ替《か》えを行《おこな》った後は、使用人たちとの関係も比較的《ひかくてき》良好である。

借金は増えてしまったが、友人のノーラの領地で取れた泥《どろ》や鉱石を使って、私は新たな化粧品開発に勤《いそ》しんでいた。

今度作るのは、ノーラの領地と共同で作るボディパウダー。

滑石《かっせき》という鉱石を砕《くだ》いたものと、トウモロコシから取れるデンプン、精油を混ぜると作ることができる。これを使うと、汗《あせ》のベタつきを抑《おさ》えてサラサラした素肌《すはだ》を保てるのだ。

もう一つは、蜜蠟《みつろう》を使ったリップクリーム。蜜蠟とは、蜂《はち》の巣《す》の材料で、ミツバチが分《ぶん》泌《ぴつ》する成分の一つだ。蠟燭《ろうそく》や床《ゆか》のワックスがけに使われているが、保湿《ほしつ》成分に優《すぐ》れていて化粧品としても使える。

過去に自分用に一つ作ったことがあるが、ブリトニーのガサガサでひび割れた唇《くちびる》さえプルプルになったので、きっと売れるだろう。

(今は、蜂蜜《はちみつ》を直接唇に塗《ぬ》っている人が多いみたいだけれど、やっぱりベタベタするものね)


夜は、夢遊病で厨房に辿り着くのを防ぐため、とりあえず両足を縛《しば》って眠《ねむ》ることにした。

今のところ、拘束《こうそく》を解いてまで厨房に入った気配はない。しばらくは様子見だ。

リュゼのレモン畑の方も順調で、きちんと伯爵領に根付いているとのこと。

私の希望していたレモンヨーグルトもできた。さっぱりした後味で、売れ行きもまずまず好調らしい。

あれから、マーロウ王太子やアンジェラからの連絡《れんらく》はない。リュゼと王太子は手紙を出し合っているみたいだけれど、私に関しては諦《あきら》めてくれたようで何よりだ。

(うん、そっち方面に関しては平和だな)

しかし、別の方面では完全に平和とはいえなかった。お隣《となり》の領地のアスタール伯爵に会わなければならないのだ。

新たにできた借金は一時的にアスタール伯爵が肩代わりしてくれることになった。従兄曰く、一度、顔を出しておいた方がいいとのこと。

(確かに、お隣とは良好な関係を保っていたいものね)

というわけで、私とリュゼは、アスタール伯爵領へ向かうことになった。

ちなみに、アスタール伯爵領の次男、リカルドは現在王都の学園に通っているので領地にはいない。

馬車の中、向かい合わせに座《すわ》ったリュゼに話しかける。

「ねえ、リュゼお兄様。私まで、一緒に行く必要はありますか？」

「あるよ。屋敷に引きこもってばかりだし、そろそろ外の世界を見て回った方がいいと思う。外といっても、行ったことのある隣《となり》の領地だけれどね」

「アスタール伯爵とは顔見知りですし、安心ですけどね……」

「ついでに、あそこの長男にも会っておくといいよ。僕と同い年で、ちょっと繊細《せんさい》な男だけど……独身だし」

「……嫌だわ。リュゼお兄様の節操なし」

次男の代わりに長男を狙《ねら》えとでも言う気だろうか。

「彼の名前はミラルドというんだ。病弱で部屋に引きこもっていることが多いから、結婚《けっこん》後はブリトニーが伯爵家の実権を握《にぎ》れるかもしれないね」

「リュゼお兄様。そんなことをしても、私がお兄様に有利に動くとは限りませんよ？」

「ふふふ、言うようになったねえ、ブリトニー」

「ぐ、ぐふふ……」

実際にそれをする度胸があるのかは別として、言うのは自由だ。

（とはいえ、リカルドの兄だから、女性の好みも似ているかもね）

結婚以前に婚約すら拒否《きょひ》されるに違《ちが》いない。

（私、デブのままだし）

夜中に足を縛って眠るようになって少しは痩せた気がするけれど、外見はまだ立派な白豚令嬢だ。

「そういえば、リカルドに授業内容の横流しをしてもらうらしいね」

「……よくご存知で。領地管理の授業について、まとめたものを定期的に受け取ることになっているのですが、数日前にさっそく手紙が来ましたよ。大変興味深い内容でした」

「リカルドは、僕に色々相談してくれるから。なんでも筒抜《つつぬ》けなんだ」

「……左様でございますか」

私は、リカルドに申し訳ないような、なんともいえない気持ちになった。

私とリュゼを乗せた馬車は南下し、約一日後、アスタール伯爵家に無事到着《とうちゃく》した。

「リュゼ様ぁ、お会いしたかったわ！　……私、いても立ってもいられずこちらに来てしまいました！」

アスタール伯爵家に到着すると、可愛らしく着飾《きかざ》ったリカルドの従妹——リリーが飛び出してきた。彼女は普段、伯爵家の近くに住んでいるらしいのだが、リュゼに会うため、わざわざこの屋敷までやって来たようだ。

この日のリリーのドレスは淡《あわ》い水色。愛らしさ全開の彼女なら、きっとフリフリしたピンク色のドレスだって着こなせるだろう。

リリーの後ろから、アスタール伯爵もゆっくり歩いてくる。

その伯爵の後ろには、リカルドと同じオレンジ系の金髪《きんぱつ》を持つ青年が立っていた。彼が、リカルドの兄だろう。男性にしては小柄《こがら》で細身だが、どんよりした深緑色の目つきは鋭《するど》い。下まぶたには薄《うす》く隈《くま》があり、どことなく不健康そうだ。

「おお、よく来てくれましたなあ！」

笑顔《えがお》で出迎《でむか》えるアスタール伯爵に、リュゼがいつもの爽《さわ》やかな笑顔で笑いかけた。

「お久しぶりです、アスタール伯爵。その節は祖父が大変ご迷惑をおかけしまして……」

「いやあ、こういうことは、お互《たが》い様ですからな。そちらのブリトニー嬢《じょう》が、リカルドを通して我が領地に優先的に石鹸を流してくださるということで。こちらとしても、ずいぶん助かっているのですよ」

最初は、婚約破棄と引き換えに色々融通《ゆうづう》してもらっていたが、リカルドが途中から物々《ぶつぶつ》交換《こうかん》を要求してきたためだ。おそらく、石鹸に関してはリカルドのお手柄《てがら》ということになっているだろう。その他の商品も、お隣で権力を持っている貴族ということもあり、アスタール伯爵領に優先して多めに流している。

「ブリトニー嬢も、よく来てくれましたね。どうぞ、ゆっくりしていってください」

リカルドのことがあったからか、伯爵は私にやたらと愛想が良かった。対照的に、リカルドの兄と思《おぼ》しき青年は無愛想である。

「君は初対面だったね、私の息子のミラルドだ。今は領地管理の補佐《ほさ》をしている。ミラルド、こちらはハークス伯爵のお孫さん、ブリトニーだよ」

「は、はじめまして。ブリトニーです」

「……ミラルドです」

当然彼も、私がリカルドに婚約破棄された白豚令嬢だということを知っているだろう。

(ちょっと、気まずいな)

屋敷の中に案内された私たちは、今後の借金返済の目処《めど》について伯爵と話をする。ミラルドやリリーも同席していた。

アスタール伯爵家の広間は、趣味の良い華《はな》やかな場所だ。

「実は、この領地の医療《いりょう》をもっと発展させたくてね。石鹸を優先的に流してもらえるのはありがたい」

「それは、良かったです」

私は、伯爵とリュゼが話し合うのを黙って聞いている。

ミラルドやリリーは内容に興味がなさそうだった。ミラルドは眠そうだし、リリーはひたすらリュゼを見つめている。

一通り話し合いが済み、それを見計らったかのようにリリーがリュゼに近づいた。

「リュゼ様、今日は一泊《ぱく》してくださるのですよね？　私、もっとお話がしたいわ」

「美しいご令嬢にそう言っていただけて光栄です。僕でよろしければ」

「まあ、嬉しい！」

さすが美少女。積極的なリリーの言動は、自信に満ち溢《み》《あふ》れている。

対する私はといえば、ポツンと長椅子に座っていた。気を使ったアスタール伯爵が話しかけてくる。

「ブリトニー嬢、夕食までまだ時間がありますから……お菓子《かし》でも召《め》し上《あ》がりますか？」

「いいえ、大丈夫です。お気遣《きづか》いありがとうございます」

くそぅ、デブが皆《みな》菓子好きだと思ったら大間違《まちが》いだぞ！　いや、私は好きだけど。今は控えているだけだけど。

「うむ、そういえば……リカルドが、君は今ダイエット中だと言っていたような」

「ええ、そうなんです」

そんなプライベートな情報を広めないでほしい。

「女の子は、少しふっくらしているくらいの方が可愛いのだがね」

「そうですか、ぐふふ」

少しふっくらした女子とデブは違う生き物だ。

だいたい、男の言う「少しふっくら」は、大してふっくらしていないことが多い。女の言うポチャ可愛い系やマシュマロボディは、男にとってはデブと同義なのだ。

(騙《だま》されんぞ……！　アスタール伯爵の奥《おく》さんは、太っていないと知っているんだぞ！)

庭に出てもいいと言われたので、私は毎日の日課である運動をすることにした。

アスタール伯爵家の庭を早足で歩きまくる。しかし……

(しまった！　ここには、温泉がない……！)

運動を終えたところで重大な事実に気がついた。風呂《ふろ》には入れるかもしれないが、それはきっと夜になるだろう。

(ひとまず、部屋に戻ってボディパウダーで臭《くさ》い匂《にお》いをごまかそう)

焦《あせ》って挙動不審《ふしん》になる私の様子を、木陰《こかげ》からじっと見ている人物がいた。ミラルドだ。

私が気付くと、彼は隈のできた目を細め、笑《え》みを浮かべながら歩み寄ってきた。

「あの、ブリトニー嬢。少しよろしいですか？」

「な、なんでしょう？」

「弟に関して、お話ししたいことがあるのです」

多少目つきは悪いけれど、ミラルドはリカルドに比べて紳士《しんし》的だ。年下の私に対しても、礼儀《れいぎ》正《ただ》しく敬語を使ってくれる。

「リカルド……様のことで？」

私とミラルドは、一旦《いったん》中庭に移動して話を続けた。

「ブリトニー嬢、弟とあなたは、とても仲が良いように見える。婚約を破棄されたにもかかわらず、どうして未《いま》だに付き合いを続けておられるのですか？」

彼は、リカルドから何も聞いていないのだろう。だとすれば、私たちの行動は不思議に見えてもおかしくない。まあ、「どうして」と聞かれても、「ほぼ領地経営上の付き合いで……」と言うしかないのだが。

(それでも、以前よりかなり仲良くできている気がするけど)

二人の微妙な関係を、ミラルドにどう説明するかが難しいところだ。

「残念ながら婚約は成立しなかったのですが、お互いに自分の領地を良くしたいという思いは一緒だったので、今では良き仕事仲間なんです。リカルド様には、工事などで大変お世話になっておりますし、色々便宜《べんぎ》を図《はか》っていただきました」

「そうですか。あくまで、経営上の付き合いということですね」

「ええ、ありがたいお話です。婚約破棄と同時に、家同士の付き合いも絶たれるのではないかと思っていましたので」

「いいえ、うちの領地にも良くしていただいているのでお互い様ですよ。とはいえ、リカルドは今、王都の学園に通う身です。よろしければ、今後は私を通して取引しませんか？その方が、何かと話が早いと思うのですが」

「えっ……？」

見ると、すぐ目の前にミラルドが立っていた。距離《きょり》が近い。

目つきが鋭く隈があったりするけれど、こうして見るとミラルドも美形である。間近で甘《あま》く微笑《ほほえ》まれると、複雑な気持ちになった。

（これって……もしかして、私を誘惑《ゆうわく》している？）

白豚令嬢相手に、本気で好意を持っているということはないだろう。何か思惑《おもわく》があるのか。

「私の一存ではなんとも。一度、従兄に相談してみますね」

「リカルドなどより、旨みのある取引ができると思いますよ。いいお返事を、お待ちしています」

ミラルドは、愛想の良い笑みを浮かべてみせた。けれど……目が笑っていない。

アスタール伯爵家の兄弟は、仲が悪いのだろうか？　一人っ子の私には、貴族の兄弟というものはよくわからない。

（リリーに聞いてみようかな）

ミラルドと話をした後、私は一旦、用意された部屋に戻って身だしなみを整える。

その後は、アスタール伯爵たちと共に夕食を食べた。テーブルには、たくさんの豪華《ごうか》な料理が並んでいる。ちょっと盛りすぎじゃないかというくらいだ。

（気持ちは嬉しいけれど、ダイエット中なんだってば）

リリーはリュゼと共に食前にお菓子を食べていたが、普通に夕食も食べている。

（世の中にはいるんだよね、どれだけ食べても決して太らない人種が）

とても不公平だが、生まれ持ったものはどうしようもない。体質や骨格、肉のつき方などは、個人の努力で変えるには限度がある。

（リュゼも、従兄なのに全然太らないし。お祖父様もどちらかというと細いし）

身内でデブなのは、下っ腹が飛び出た伯父と伯母くらいであった。

食事の後、私はリリーと二人で話をする。しばらく談笑《だんしょう》しているうちに、彼女とも打ち解けて親しく話す仲になった。以前のお茶会のように、敬語は使わない。

「ねえ、リリー。リカルドとミラルド様って仲が悪いの？」

「……そうね。リカルドが変に優秀《ゆうしゅう》だから、病弱であまり活発に動けないミラルドは気が気じゃないみたいだわ。まあ、気持ちはわかるわよね。私も女じゃなかったら、少し気にしていたと思うし」

従妹だけあって、リリーはアスタール家の兄弟を親しげに呼ぶ。

「そうなんだ」

「悪い人じゃないのだけれど、ミラルドは繊細だからね。弟に自分よりも活躍されたくないみたい」

そういえば、リュゼも同じように彼を「繊細」だと言っていた気がする。

「伯父様が、あの兄弟のどちらを次期当主にするか迷っているから……今は尚更《なおさら》かしら。リカルドを屋敷に残して、将来的にミラルドの補佐にするという話も出ているみたいだし。複雑なのよ」

アスタール伯爵家も、色々と難しい事情を抱えているらしい。

ブリトニーの体重、六十キロ

8：白豚令嬢、事件に巻き込まれる

デブにとって地獄《じごく》の季節、夏がやってきた。

「うう、暑い……何もしていないのに暑い」

運動をしているわけでもないのに、滝《たき》のような汗《あせ》が止まらない。夏用のドレスが濡《ぬ》れ雑巾《ぞうきん》並みに湿《しめ》っている。

（この暑さのせいで勝手に痩《や》せてくれればいいけれど、現実はそんなに甘《あま》くないよね）

汗をかいて多少体重が減っても、水分をとれば元に戻《もど》ってしまう。

運動しようにも暑すぎて何もできない。この世界にはクーラーも扇風機《せんぷうき》もないのだ。

ハークス伯爵《はくしやく》領が山の中腹にあり、比較的《ひかくてき》暑さがマシだというのが救いだった。

（まあ、私にとっては普通《ふつう》に暑いんだけど）

リカルドの手紙曰《いわ》く、盆地《ぼんち》にある王都は、さらに酷《ひど》い有様《ありさま》らしい。デブの私が行ったら、きっと普通の生活もままならないだろう。田舎《いなか》でよかった、田舎最高。

最近の私は、リュゼに帳簿《ちようぼ》の見方を習っている。彼《かれ》は私を領地経営の助手にしようとしているのだ。人手不足なので、豚の手も借りたいのだろうと思われる。

そして、先日リュゼと二人で帳簿を見ていて気づいたことがあった。

（化粧水《けしょうすい》流通を任せている部門の帳簿が、どうもおかしい）

大量に商品を作り出して流通させるため、最近では生産や流通を別の場所でまとめて行《おこな》っている。とはいえ、私やリュゼが毎回見て回るわけにはいかないので、こうして定期的に帳簿を確認《かくにん》していた。

「計算が合わない箇所《かしょ》がいくつかあるね。出している商品数の割に、利益が少ない……もしかすると、誰《だれ》かが不正に商品を流すか、横領しているのかもしれない」

「それが事実だとすれば、早く証拠《しょうこ》を摑《つか》んで犯人を見つけ出さなければなりませんね」

「ああ、近々現場に行ってみようか。ブリトニー、もう馬には乗れるね？」

「はい、全速力で駆《か》けたり、障害物を大きくジャンプして飛《と》び越《こ》えるのは、まだ不安がありますが……普通に操《あやつ》るくらいなら大丈夫《だいじょうぶ》かと」

「じゃあ、少し遠出をするよ。馬車でもいいけれど、急ぎたいから」

「わかりました」

そうは言ったものの、夏の外出はきつい。私にとって、過酷《かこく》な旅になりそうだった。


「大丈夫かい、ブリトニー？」

「ひぃ、ふぅっ！　へ、平気ですとも！」

早朝に馬に乗ってハークス伯爵領を出た私は、早くも暑さでバテそうになっている。馬に乗って移動しているだけなのだが、それだけでもデブの体には堪《こた》えた。

まだ日は高く昇《のぼ》っておらず、リュゼや彼の部下、護衛たちは皆涼《みなすず》しい顔をしている。

目的地は私が開発した化粧水の販売《はんばい》を担当している流通部門のある場所。伯爵家から北へ向かって片道三時間ほどの地にあった。

昼までには到着《とうちゃく》できるはずである。というか、昼までに到着しないと溶《と》ける。私の様子を見て小首をかしげたリュゼは、馬を寄せて手巾《ハンカチ》を差し出した。紳士《しんし》的な行為《こうい》だ。

「お兄様、その綺麗《きれい》な布が一瞬《いっしゅん》にして濡れ雑巾になりますが、よろしいのですか？」

「いいよ、他にも持っているから。これは、ブリトニーにあげるね」

「ありがとう、ございます……」

従兄《いとこ》の優《やさ》しさに感動して目眩《めまい》がするくらい、私の脳内は暑さでやられてしまっている。手巾を絞《しぼ》っては拭《ふ》き、絞っては拭きを繰《く》り返《かえ》していると、だんだんどどめ色に変色してきた……深く考えないようにしよう。

昼前に私たちは、無事に目的地へ到着することができた。

（ずっと馬に乗っていたから、疲《つか》れたなあ）

この世界の女性で乗馬をするのは、田舎で交通手段に困っている者だけだ。ともあれハークス伯爵領で暮らすには必須《ひっす》の技術である。

ちなみに、女性は普段《ふだん》ドレスなどのスカート状の服を着ているため、横乗りで馬を操縦していることが多い。乗馬の教師には前向きと横乗りの両方を教わっているが、今日は外出着なので横乗りである。

現地に着くと、すぐに流通部門の案内役の若い男が出てきて、私たちを奥《おく》の応接室へ案内した。

お疲れでしょうと、お茶と大量の菓子《かし》を出される。

(帳簿の件を調べに来ただけなのに)

特に私の前にだけ、菓子が山積みにされているのが気になる。

(いやいや、デブだからって、こんなに食べたりしないからね？)

しばらくすると、ガマガエルのような容貌《ようぼう》の責任者が現れ、リュゼに頭をへこへこと下げ始めた。私は黙《だま》って彼らの様子を見守る。もちろん、出された菓子はダイエット中なので控《ひか》えていた。

(「とにかく領主の令嬢は菓子が好き」だなんて、情報が古いんだよね。かつてのブリトニーなら喜んだかもしれないけれど、ここ一年は菓子断《だ》ちしているというのに)

そうしている間にも、従兄は次々に話を進めていく。

「……というわけで、化粧水の在庫と収入が合わないんだ。何か知らないかなと思って」

物腰《ものごし》の柔《やわ》らかそうなリュゼの外面《そとづら》を見て、ガマガエル似の責任者は安心したようだった。

「さ、さようでございましたか。おそらく、期限が来て破棄《はき》したのだと思われます。破棄担当者が帳簿に記入し忘れていたのでしょう」

「どれくらいの化粧水が破棄されたかわかる？」

「ええと、そうですなあ。商品は全て一ヶ月後に破棄していますので、確認してみないとなんとも……」

ガマガエルの言葉に、私は首をかしげた。

（私の作った化粧水なら、三ヶ月から半年保《も》つよね。一ヶ月で全部破棄って早すぎない？本当に、破棄されているのかな）

期限の早いものはともかく、半年保つものまで一ヶ月で捨ててしまうのはどうかと思う。

（怪《あや》しい……）

リュゼも端正《たんせい》な顔を俯《うつむ》けて訝《いぶか》しんでいる様子だ。自分の目で在庫を確認したいのだろう。

（他の従業員からも、話を聞きたいだろうし……）

けれど、目の前のガマガエルが言い訳して妨害《ぼうがい》してくる可能性が高い。不正を疑っているとわかれば証拠を消されたりして真相の追及が難しくなるから強硬手段に出るには慎《しん》重《ちょう》を期さねばならない。

私は一つ深呼吸をして立ち上がった。こういう時は、お馬鹿《ばか》なブリトニーの出番だ。

「ブリトニー様、どうされましたかな？」

「私、作業しているところが見てみたいわ！　流通部門なんて、初めて来たんですもの！」

「え、えっと、ですが……」

「ぐふふ、ちょっと見るだけだからいいでしょう？　見たところで、なんにもわからないけれど……せっかくのお出かけですもの、来たからには見ないと！」

伯爵令嬢《れいじょう》のお馬鹿発言に不意を突《つ》かれたガマガエルは困惑《こんわく》している。今がチャンスだ。

「ええと、では、案内の者をおつけしましょうか」

「いらないわ、すぐ行って戻ってくるだけだし。つまらないかもしれないし」

そう言って勢いよく立ち上がった私は、太い体を揺《ゆ》らしながらズンズン進み、堂々と応接室を出た。

流通部門の者たちは、ブリトニーに関する情報が古いようで、未《いま》だに私のことを菓子好きの我儘《わがまま》なデブだと思っている節がある。振り返ると、私の行動の意味を悟《さと》ったリュゼが笑いをこらえているのが見えた。

単独で流通部門内部への潜入《せんにゅう》に成功した私は、とりあえず伯爵令嬢権限を最大限利用して中を見て回り、従業員に声をかけて話を聞いた。特に気になった情報はない。

ひと月前に伯父《おじ》と伯母《おば》が流通部門を見学しにやって来たことくらいだ。

（ん……？　そういえば、帳簿の計算がおかしくなり始めたのが、その頃《ころ》だったような）

従業員に伯父と伯母の様子を聞いてみると、責任者のガマガエルと長い時間話し合っていたとのこと。

（領地経営に無関心なあの人たちが、責任者と話し合いっておかしくない？　だいたい、二人とも化粧水の販売には関わりがないし、怪しい予感しかしないんだけど……）

私は、早足でリュゼの待つ客室へ向かった。

（私の前に菓子を山盛りにしたのも、伯父と伯母が古い情報を伝えていたからかもしれない）

応接室の扉《とびら》を開けた私は、すぐにリュゼに駆け寄る。

「お兄様、楽しかったです。ああやって、商品が市場に出回るのですね……ああ、そうそう。ひと月前に、伯父様と伯母様も、こちらへいらっしゃったようですよ。そちらの方と、何やらお話をされていたみたいです。なんのお話だったのか、非常に気になりませんか？」

「へえ……それは、僕も知りたいなあ。よければ、その話を聞かせてもらえる？」

黒いオーラを放ち始めたリュゼに睨《にら》まれ、ガマガエルは「ヒイッ」と小さく声をあげた。

その後、彼は、なんとか事実を隠蔽《いんぺい》しようと色々ごまかしていたが、リュゼ相手に通用するはずもなく、数分後には全てを洗いざらい吐《は》いてしまった。根性《こんじょう》のない男である。

彼曰く、突然流通部門を訪《おとず》れた伯父と伯母に、資金を横流ししてほしいと頼《たの》まれたとのこと。

もちろん、最初は彼らの要求を断り、リュゼに連絡《れんらく》しようとしたのだが、そこで伯母が「渡《わた》してくれた資金の半分はあなたにあげる」と言ったらしい。

金に目が眩《くら》んだ彼は、伯父と伯母の提案を飲んでしまった。化粧水を破棄したと見せかけて、そのぶんの代金を横領していたのである。

破棄したと見せかけた化粧水は、伯父と伯母が別のルートで販売して利益を得ていたとか……本当に、あいつらはロクなことをしない。

（お兄様は相当怒《おこ》っているだろうな、絶縁《ぜつえん》したいと言っていたくらいだし……あれ？）

よく見ると、従兄は少し考え込んでいる。

「リュゼお兄様、どうかされましたか？」

「ああ、なんでもないよ。身内だからといって、犯罪者を放置しておくわけにはいかないね。特別扱《とくべつあつか》いはできないし、捕《つか》まえて幽閉《ゆうへい》かな」

この世界に警察はないが、似たようなことをやっている組織はある。

一番多いのは、自警団といって、住民が自主的に仲間を集めて犯罪に対処するという組織だ。地域によっては、領主が雇《やと》った兵士が同じ動きをする場所もあった。

ハークス伯爵領は後者で、王都やお隣《となり》のアスタール伯爵領などでも同じ形が取られている。伯父と伯母は、彼らに捕まることになるだろう。

流通部門の責任者は、一足先にリュゼの部下が連行していった。

帰り道は、また馬での移動になる。流通部門の部屋の中も暑かったが、馬に乗っての移動となるとさらに暑さが増す。

すでに夕方になっているが、脂肪《しぼう》という名の衣《ころも》をまとっているデブにそんなものは関係ない。日が沈《しず》んだ後だって、変わらず暑いのだから。

「ひいっ、はあっ……」

早くも息を荒《あら》らげている私の傍《そば》へ、リュゼが馬を寄せてくる。

「大丈夫、ブリトニー？　疲れたなら、後ろに乗せてあげようか？」

「いいえ、お構いなくお兄様。ひたすら熱気と戦っているだけで、私はいたって健康なのです……！」

「……なら、いいんだけど」

そう言いつつ、リュゼは傍を離《はな》れない。それどころか、さらに接近してきて……なんと、私の馬の後ろにヒラリと飛び乗った！

「お、おおお兄様!?　何を!?」

「ブリトニーが、馬の危険操縦で事故を起こしてはいけないからね」

私の後ろに座《すわ》り、手綱《たづな》を奪《うば》い取《と》った従兄は平然とした表情で言ってのける。

「大丈夫ですってば……！　それに、馬が潰《つぶ》れたら大変です！」

この馬は改良品種ではなく、ハークス伯爵家の馬だった。重い人間を運ぶことには向いていない。

「心配しなくても大丈夫、ブリトニーは少し痩せたから問題ないよ。これくらいの重さならこの馬でも耐《た》えられる」

さりげなく体を離そうとしたが、そっと腕《うで》に力を込《こ》めたリュゼに引き戻される。

横領事件が発覚したというのに、彼はどことなく機嫌《きげん》が良さそうに見えた。

「ブリトニー、今日はありがとう。君の迫真《はくしん》の演技のおかげで、手っ取り早く真相がわかって助かったよ。いい女優っぷりだったね」

そう言って、私の頭をポンポンと優しく撫《な》でる従兄。文句を言おうとして振《ふ》り返《かえ》ったが、思いがけず柔らかい笑《え》みのリュゼを目の当たりにして何も言えなくなる。

「……あ、ありがとうございます」

複雑な気持ちになりつつ、私は夕日に照らされた道を彼と二人乗りで進むのだった。


流通部門の横領の件で、伯父と伯母はすぐに捕えられ、彼らの自宅に軟禁《なんきん》となった。この領地に刑務所《けいむしょ》はないが、山の麓《ふもと》に囚人《しゅうじん》を閉じ込めるための大きな塔《とう》があるので、近いうちに、彼らはそこへ移されるだろう。

事件のほとぼりが冷めるまで、ブリトニーのパーティーへの参加も見送られることになった。

(参加したところで収穫《しゅうかく》はゼロだから、別に構わないけどね)

歳《とし》の近い男子はいるものの、皆正直者なので白豚《しろぶた》令嬢には無関心だ。わかりやすい態度で一線を引かれている。先に痩せないことには、どうにもならなそうであった。

お隣のアスタール伯爵領では、元婚約者《こんやくしゃ》で現商売仲間のリカルドが帰ってきたようだ。

今は学園の夏季休暇《きゅうか》で、一ヶ月ほど実家のアスタール伯爵領で過ごすらしい。リュゼに会うため、休暇中にハークス伯爵領にも顔を出すみたいだ。

（なぜだかよくわからないけれど、いつの間にか二人は仲良しなんだよね）

リカルドはリュゼに懐《なつ》いているし、リュゼは実の弟のように彼に接している。正直、ブリトニーよりリカルドの方を可愛《かわい》がっていた……

（見た目も中身も彼の方が可愛いというのは、私も同感だけれど）

そんなことを考えつつ、私は今日も暑い中を朝から乗馬の練習に向かうのであった。

練習場所は伯爵家の庭と、屋敷《やしき》周辺の草原だ。一応、護衛付き。

「ひぃ、ひぃ……ふうっ！」

「ブリトニー様、もう少しですぞ！」

中年の乗馬教師が励《はげ》ましてくれるが、やっぱり外での運動は暑い。

「かなり速度が出てきましたし、これなら早駆けも問題ないでしょう」

今は、伯爵家の南側にある草原を馬に乗って駆ける練習をしている。かなり、馬を操れるようになってきた。


しばらくすると、草原の向こうから数頭の馬が走ってきた。先頭の馬に乗っているのは、オレンジがかった金髪《きんぱつ》の少年である。

「あ、リカルドだ！」

元婚約者のリカルドと、その護衛たちが訪ねてきたようだ。

彼の領地は、ハークス伯爵領の南側に隣接《りんせつ》しているのである。

「久しぶりだな、ブリトニー」

そう言って馬から下りたリカルドは、少し会わないうちに背が伸《の》びて大人っぽくなっていた。以前は、子供特有の可愛らしさがあったのだが、顔つきもハンサムに成長している。

(パーティーでは、かなり令嬢に人気が出るだろうな)

私の考えなど知らない彼は、不思議そうに瞬《まばた》きをしている。

「お前、また痩せたか?」

「最後に会ってから一、二キロほど痩せたよ」

軽い挨拶《あいさつ》を交《か》わした私たちは、互《たが》いに近況《きんきょう》報告をした。

「石鹸《せっけん》の件では、色々と助かった。兄に権利を渡さないでいてくれて、ありがとうな」

「ええ、あなたに黙って勝手に取引相手を変更《へんこう》するわけにはいかないから。こちらこそ、学園の授業の情報をありがとう。とても勉強になった。それに、あなたのお父様、アスタール伯爵にも色々お世話になっているの。主に新たな借金の件で……」

馬から下りてリカルドと向き合うが、彼の視線は私の馬に向いている。

「……ブリトニーは馬に乗れたのか?」

「前に、乗馬の練習をしたいという話をしたでしょう? 今練習中で、基本的な動作ができるようになったところ」

「そうか、お前も頑張《がんば》っているんだな」

「まあね。それはそうと、リュゼお兄様に会うよね? 屋敷まで送って行くよ」

授業中だが、客人を放置というわけにもいかない。ここから屋敷までは、少し距離《きょり》があるのだ。

教師に許可を取った私は馬に跨《また》がり、屋敷を目指そうとしたのだが……同時に屋敷とは反対の方向から、大量の蹄《ひづめ》の音が聞こえてきた。

「……なに、この音？　リカルド、他に誰か連れてきている？」

「いや、ここにいる者で全てだ。ハークス伯爵家の関係者ではないのか？」

リカルドも訝しげに音のする方向を見ている。

同時に、護衛たちの間に緊張《きんちょう》が走った。様子を見に行った一人が、焦《あせ》った表情で戻ってくる。嫌《いや》な予感がした。

「リカルド様、ブリトニー様、屋敷へお逃《に》げください！　見覚えのない、武装した集団が迫《せま》ってきています！」

護衛が叫《さけ》び、私たちは慌《あわ》てて馬を屋敷へ向ける。こういう時は、彼らの指示に従うのが最善なのだ。

しかし、少々問題があった。乗馬歴の浅い私は、まだ馬を走らせる腕に難があるのだ。ある程度のスピードは出せるものの、リカルドや乗馬の教師に後《おく》れを取ってしまう。

「おい、ブリトニー。もっと飛ばせ！」

「限界まで飛ばしているんだけど！」

馬の腹を蹴《け》りスピードを上げているが、やはり二人ほど速くは走れない。

（そういえばこの馬、ここへ来る前にめちゃくちゃ餌《えさ》を食べたり水を飲んだりしていたな。草原を駆ける練習もしたし……そのせいで、走れないのかもしれない）

妨害する護衛を撒《ま》いたのか、数頭の馬がこちらに駆けてくるのが見えた。焦って速く走ろうとするのだが、これ以上は速度が上がらないようだ。

「リカルド、先に行って！　お祖父様とリュゼお兄様に連絡をお願い！」

「断る。女一人を見捨てて逃げるなんて、そんな卑怯《ひきょう》な真似《まね》ができるか！」

私の願いを却下《きゃっか》した彼は、教師に命令して伯爵家へ先に向かわせる。必死の表情のリカルドを見て胸が痛んだ。

（リカルド、危ない状況《じょうきょう》なのに……いい奴《やつ》すぎるよ）

彼の選択《せんたく》は、自身を危険に晒《さら》すことになる。

その間にも、追っ手の馬は容赦《ようしゃ》なく迫ってきた。

（一体、何が目的なの？）

護衛が活躍《かつやく》してくれたのか、追っ手の数は減っており、今追っているのは二騎《にき》のみだ。

しかし、護衛の方は一騎も来ていないので、足止めされているのだろう。馬に乗ったままのリカルドは、腰《こし》から剣《けん》を抜《ぬ》き取《と》って追っ手に向き直った。

「ちょっと、リカルド！　危ないよ！」

「ブリトニー、お前は早く逃げろ！　後で合流する！」

「そんなこと言われても、あなたを放っておけないし！　二対一だし！」

「いいから、行け！」

叫んだリカルドは、剣を振りかざしながら二騎に突っ込んでいき……瞬殺《しゅんさつ》された。

（いや、大丈夫だ。殺されてはいない）

強烈《きょうれつ》な峰《みね》打ちをされて気を失ってしまったみたいで、動かなくなっただけだ。

学問を中心に生きてきた十四歳《さい》のお坊《ぼっ》ちゃんと、その道のプロ二人。いくらリカルドが優秀《ゆうしゅう》でも、倒《たお》すのは無理があった。

追っ手の一人が、落馬しそうになった彼を抱《かか》え、自分の馬の上に引き上げた。

「よくも、リカルドを！」

今から逃げても逃げきれない。それに、この状況でアスタール伯爵家の息子《むすこ》に何かあれば、責任問題になって、うちの領地がやばい。

（ならば、少しでも時間を稼《かせ》ぐべきだ）

乗馬用の鞭《むち》を振り回した私は、そのまま馬で敵へと突っ込む。

「うわあああああ！　リカルドを放せー！」

雄々《おお》しく叫びながら振り回した鞭が、いい感じに敵の顔面にヒットした。

「痛っ！　くそっ、このデブガキ！」

一人が剣を振り上げようとしたが、もう一人が止める。

「おい、怪我《けが》はさせるなと言われているだろう！」

「くっ……」

その言葉で、彼らの目的がわかった。二人は、何者かに依頼《いらい》されて、無傷で私たちを誘《ゆう》拐《かい》しようとしているらしい。

しばらくの間、私は乗馬用の鞭で奮闘《ふんとう》する。軌道《きどう》の読めないめちゃくちゃな攻撃《こうげき》に、敵側は困っているようだったが、しばらく経《た》った後、リカルドと同じくみぞおちに強烈な一《いち》撃《げき》を食らった私は意識を手放した。

目を覚ますと、私たちは薄暗《うすぐら》い部屋に運ばれていた。手首と足首は細い縄《なわ》で縛《しば》られており、埃《ほこり》っぽい木の床《ゆか》に寝《ね》かされている。窓はないが、床の隙間《すきま》から光が差している。誰かの話し声も聞こえてきた。

どうやら、この場所はどこかの建物の上階部分らしい。

壁際《かべぎわ》に気を失ったリカルドが同じように転がされているのだが、彼も目を覚ましたようで、ゆっくりと身を起こしている。もちろん、武器は没収《ぼっしゅう》済《ず》みだ。

私も腹筋を駆使《くし》し、なんとか上半身を立てることに成功する。

(やばかった。腹筋を鍛《きた》えていてよかった……)

少し前なら、きっと起き上がることすらできなかっただろう。

階下に人の気配を感じて耳を澄《す》ましていると、犯人と思《おぼ》しき者たちの会話が聞こえてきた。やけに野太い男の声だ。

「アスタール伯爵家の息子まで手に入ったのは、ツイていたな。向こうの家からも身代金《みのしろきん》を取れる。報酬《ほうしゅう》が跳《は》ね上《あ》がるぞ」

「そうだな。今頃《いまごろ》、各伯爵家に連絡が入っているはず」

隙間から彼らの様子が見えるかもしれないと思い、私は再び体を傾《かたむ》けて床に寝転《ねころ》がった。

顔を床板《ゆかいた》にくっつけて、下の部屋を覗《のぞ》き込《こ》む。

「おい、ブリトニー」

拘束《こうそく》されたままのリカルドが、器用に近づいてきて小声で私に話しかけた。

「リカルド……巻き込んでしまってごめんなさい。これ、私を狙《ねら》った誘拐事件だわ」

「下に犯人がいるみたいだな。俺《おれ》は縄を切れる道具を探す、お前は引き続き奴らの様子を探《さぐ》ってくれ」

「わかった」

子供二人を、敵は全く警戒《けいかい》していない。次々に、大声で計画を暴露《ばくろ》してくれている。

「引き渡し場所は、三つ先の小屋だったな。孫馬鹿の伯爵なら、絶対に金を支払《しはら》う」

「本当に馬鹿な男だぜ。実の娘《むすめ》に騙《だま》されているとも知らずにな」

「あの女の方も、父親相手に容赦ないがな。軟禁状態なのによくやるよ」

「金の亡者《もうじゃ》なのさ。まあ、俺たちもだがな」

男たちの笑い声を聞いた私は、ピクリと身を動かした。

(この事件の黒幕って……伯母様なの？)

自分が動けないため、代わりに動ける人間を使って誘拐を企《くわだ》てたのだろう。身内のしたことだとは、無性《むしょう》に情けない気持ちになってくる。

(このまま、じっとしてはいられない)

何も知らない祖父が、身代金を払《はら》ってしまうかもしれないのだ。彼のことだから、動転して請求額《せいきゅう》以上の金額をポンと払いかねない。

(リュゼお兄様、どうかお祖父様を止めて!)

私は守銭奴《しゅせんど》の従兄に向けて祈《いの》った。

(……って、祈るだけでは何も解決しないよね。自分でも動かなくちゃ)

横たわった床が、ミシミシと嫌な音を立てて軋《きし》んでいる。私がデブだからというわけではなく、古い建物だからだろうと思いたい。

六十キロを切った私の体重は、小柄《こがら》な十三歳の少女にしては重いものの、大人の男性よりは軽いのだ。目標体重まで、あともうひと頑張り……というところまで来ている。

「ブリトニー、こっちへ来い」

いつの間にか、自由の身になったリカルドが、すぐ近くに立っていた。

「リカルド、どうやって縄を解《ほど》いたの?」

「あそこの柱に擦《こす》りつけて切った」

見ると、部屋の隅《すみ》にある古い柱から、鋭《するど》く尖《とが》った釘《くぎ》が何本も飛び出ている。手抜《てぬ》き工事という言葉が、私の頭をよぎった。

「よし、私も縄を切ってくる」

よろよろと立ち上がり、動きだそうとしたその時、不意に誰かの足音が近くで聞こえた。

「まずい、誘拐犯が階段を上ってきたぞ」

焦ったリカルドが、小声で叫ぶ。縄を切っている時間はない。

「リカルド、私の後ろに隠《かく》れて！」

両手足が使えない状態で、部屋の隅にリカルドを突き飛ばした私は、彼の手前に座り込んだ。同時に床の一部が開き、そこから男が顔を出す。

「よう、ガキども。目が覚めたようだな」

床の穴は、三、四人が余裕《よゆう》で通れる大きさだが、ここへ来たのは一人だけらしい。

「そのまま、大人しくしていろよ。今、他の奴らが金を回収しに行っている……心配しなくても、すぐ解放してもらえるぜ？」

デブの表面積の広さのおかげで、リカルドは見事に私の陰《かげ》に隠れていた。敵は、彼が拘束を解いていることに気づいていない。私は、か弱い伯爵令嬢を演じてみる。

押領《おうりよう》ガマガエルの時とは違《ちが》い、イメージは清楚《せいそ》な深窓の令嬢だ。

「知らない男の人が、たくさんいるみたいで怖《こわ》いわ。今、この建物にいるのは、あなた一人だけなの？」

「頭の悪いお嬢《じよう》ちゃんだな。だから、他の奴らは、全員金の回収に行ったと言っているだろう……」

「ふぅん？」

ニヤリと笑い立ち上がった私は、ゆっくりと男に近づいていった。以前の馬鹿令嬢の演技と同様、うまく相手を騙せている。敵は、縄で両手足を縛られたまま、ドスンドスンとジャンプして進む白豚令嬢に困惑していた。

(……床、抜けないよね?)

いいことを思いつき、実行しようとしているのだが、その前に床が抜けてしまっては元も子もない。

「おい、ブリトニー? 何をする気だ?」

後ろにいたリカルドが、慌てて立ち上がった。

「リカルド、危ないからそこで待っていて。すぐに、ここから逃げ出せるようにしておいてね」

「おい、後ろのお前、縄はどうした……?」

男が、リカルドの拘束が解けていることに気づいたようだ。

しかし、皆まで言わせない! チャンスは今しかないのだから……!

「だああーっ! おりゃあっ!」

私は敵にタックルし、一緒《いっしょ》に床の穴から階下《したじ》へ飛び下りた。ものすごい音と共に、体が階段に打ちつけられて落ちていく……男を下敷きにして。

「ぐあっ!」

一声鳴いた男は、思ったよりも大きなダメージを受けたようだ。敵の中でも、荒事《あらごと》に慣

れていなかったのだろう。私の体重のせいで全身が痛み、身動きが取れない様子である。

(敵を突き飛ばした隙《すき》に、リカルドだけでも逃がそうと思ったけど)

相手が動けなくなるとは、期待以上だ。

(デブでよかったー！　いや、よくないか……！)

か弱く、吹《ふ》けば飛ぶような令嬢だと、なんの威力《いりょく》にもならない。私は、生まれて初めて自分の体重に感謝した。

「ブリトニー！」

リカルドが、慌てて階段を下りてくる。彼は、机の上に置かれていた果物用ナイフを手にし、私の縄を切ってくれた。それを使って、敵の男の手足を縛り上げる。

「ありがとう、リカルド」

「いや、俺こそ助かったから感謝している。けどな……」

私の両頬《りょうほお》に手を置いた彼は、宝石のように澄んだ緑色の瞳《ひとみ》でじっと見つめた。なんだか、落ち着かない。

「あんな無茶はするものじゃない。両手足の自由がない状態で飛び下りるなんて、一歩間《ま》違《ちが》えると大怪我をするところだったんだぞ」

「……うん、ごめん」

リカルドの言っていることは、至極《しごく》真っ当だった。

タイミングがずれたり、男が抵抗《ていこう》して体勢が崩《くず》れれば、自分も床に打ちつけられ、下手をすれば骨折していたかもしれない。

男が無傷の場合は、逆上させてしまう恐《おそ》れもあった。

伯父と伯母は「無傷で捕えよ」と命令していたみたいだが、頭に血が上れば何をするかわからない。

「心臓に悪いよ……無理をして、俺だけでも逃がそうとしたんだろう。そんなことをしても、俺がお前を置いていくわけないだろう」

リカルドは、心底私を心配しているという表情で、顔を覗き込んでくる。彼の考えは決して賢《かしこ》いとは言えないが、その選択をどこかで嬉《うれ》しいと感じてしまった。

元婚約者は、どこまでもまっすぐな心の持ち主だ。以前より成長した彼は、私も戸惑《とまど》うくらい誠実な少年に育っている。

ぎこちない動作でリカルドから離れた私は、気を取り直し言葉を続けた。

「ちょっと無茶しすぎたね。とりあえず、小屋の外に出よう」

「そこに転がっている男は、近くの小屋で取引があると言っていた。こいつの仲間がいるかもしれないから、用心して行くぞ」

入り口付近の棚《たな》の中からは、奪われたリカルドの剣も見つかった。

小屋を脱出《だっしゅつ》してみると、周囲には、同じような古い木の小屋がいくつか並んでいた。

離れた場所にハークス伯爵家の馬車を見つけ、思わず歩調を早める。

（お祖父様が来ているのかもしれない）

嬉しさもあるが、同時に危機感を持ってしまった。孫を溺愛《できあい》している彼は、簡単に身代金を払ってしまうかもしれない。伯母の取り分は取り返せるかもしれないが、犯人の取り分は持ち去られたら終わりだ。

(今の伯爵家には、高額な金を払える余裕なんてないのに)

ただでさえ借金があるというのに、私のために余計な出費を増やすわけにはいかない。

「早く、お祖父様に無事を知らせなきゃ……!」

「ブリトニー、伯爵は向こうじゃないか? 中に人がたくさんいる気配がする」

リカルドが、祖父がいるであろう小屋に目星をつけた。少し大きめの小屋だ。

彼と共にそこへ向かった私は、窓の外からこっそり中を覗き込む。

「あ、お祖父様……じゃなくて、リュゼお兄様だ。代理で来たのかな? お兄様なら、簡単に金を払ったりしなさそう」

「だが、きっと、お前のことは心配しているだろう」

「そうかなあ。あの人、そこまで私に甘くないし。今回来たのも何か考えがあってのことかもしれない」

ハラハラしながら観察していると、不意にリカルドが私の肩《かた》を掴んだ。

「ブリトニー、外にも敵がいる……」

リカルドに促《うなが》されるまま振り返ると、隣の小屋の向こうに二人の男が見えた。彼らの顔には覚えがある。

（馬で追ってきて、私たちを気絶させた奴らだ！）

人質《ひとじち》が逃げたことに気がついたのだろうか、男たちは執拗《しつよう》に周囲を見回していた。

「小屋の中に走り込んで、リュゼお兄様に合流する？」

「いや、ここからだと、奴らに追いつかれる方が早い」

彼の言う通り、ここは小屋の入り口の反対側である。

「窓を叩《たた》いて、お兄様を呼ぶ？」

「大きな音を出すと、敵に見つかるぞ。奴らは俺たちを捕まえてリュゼを脅《おど》し、予定通り身代金を請求するだろう」

なんにせよ、このままでは敵に見つかってしまう。こうしている間にも、二人の男は、着々とこちらへ近づいていた。

「とりあえず、どこかに隠れよう……」

そう提案したリカルドが指し示した先は、すぐ傍の馬小屋である。私たちは、こそこそとその中に移動した。

「うわぁ、すごい匂《にお》い」

中はあまり掃除《そうじ》されていないようで、汚《よご》れた藁《わら》が散乱し、虫が飛び回っている。あまり、長居したくない場所だ。

「リカルド、このままでは、見つかるのは時間の問題じゃない？」

「そうだな、この場所は、外からでも見えてしまうし……よし、あの中に入るぞ」

彼は、今度は馬小屋の中にある木の戸棚《とだな》を指差す。それは、縦長の長方形で掃除用具入れとして置かれているものだった。中には箒《ほうき》が一本しか入れられていない。細長く狭《せま》いその場所は、大人二人がやっと入れる程度の大きさである。太い体が入りきるだろうか。先にリカルドが入り、私がおずおずと後に続く。

「ブリトニー、もっとこっちに来ないと、扉が閉まらないだろう」

「そんなことを言われても……」

これ以上近づくのは、体が密着するので遠慮《えんりょ》したい。屋根裏部屋に転がされていたので、私の体は埃まみれのはずだ。

それに、子供とはいえ、異性の体にくっつくのは抵抗がある。

「ああ、もう……仕方のない奴だな」

煮《に》えきらない私を見かねたリカルドは、そう言うと、ぐっと私を抱《だ》き寄せる。

「ひゃあっ⁉」

彼の温かさに触《ふ》れ、私は思わず声をあげた。私が動揺《どうよう》している隙に、彼は片手を伸ばして器用に扉を閉める。途端《とたん》に、視界が真っ暗になった。リカルドの鼓動《こどう》と息遣《いきづか》いだけが間近に感じられる。

戸棚には、小さな隙間が空いているが、外からは中は見えないだろう。窒息《ちっそく》する心配はないけれど、とても狭くて熱がこもりそうだ。

「ごめんね、リカルド。私、今、すごく汗臭《あせくさ》いよね」

匂いはどうすることもできないので、先に謝《あやま》っておく。

「そんなことはないが……」

「否定しなくていいよ。初めて会った時にも、不潔な女は嫌《きら》いだと言っていたもの」

以前、私はリカルドに酷い言葉を浴びせられた。あの頃に比べれば、かなり友好的な関係になったものの、彼の言ったことはまだ覚えている。

「すまない、あの時のことを気にしていたんだな」

「別に……リカルドの言ったことは正しいし」

「いや、過去の俺は愚《おろ》かだった。お前の本質を見ず、第一印象だけで一方的に嫌悪《けんお》していた」

「それは、仕方がないって」

彼と出会った頃の私は、前世の記憶《きおく》を取り戻したばかりで、本当に酷い外見だった。体型はもちろん、ニキビ顔も、体臭《たいしゅう》も、服の趣味《しゅみ》も終わっていたのである。

「リカルドは悪くないよ。見た目の印象って、大事だからね」

「俺が言いたいのは、そんなことじゃない。お前と接していくうちに思ったんだ。俺は、ブリトニーのことを誤解していたと。ずっと性格の悪いデブだと思っていたけれど、実際はそんなことなかった」

「え、リカルド……？」

「ブリトニー、お前はいい奴だ。あんなに酷いことを言った俺に対して、今も普通に接してくれているし、ハークス伯爵家の商品を融通《ゆうずう》してくれた。捕まっていた小屋でも、先に俺を逃がそうとしてくれただろう？」

リカルドの素直《すなお》さに、むず痒《がゆ》い気持ちになる。

「私も、リカルドはいい人だと知っているよ。正直、ここまで仲良くなれるとは思わなかったけれど」

あのまま、徹底的に避けられてもおかしくなかったのだ。それを、今もこうして話をしていられるのは、彼の素直さが成せる技《わざ》なのだと思う。

しばらく隠れていると、外に人の気配がした。先ほどの二人が、私たちを捜索しているようで、近くで話し声がする。それに反応したリカルドが、私をさらに強く抱え込んだ。

「もう少しの辛抱《しんぼう》だから、今は動くな」

小声で話すリカルドに、黙って頷《うなず》く。彼の心臓の音がドクドクと早鐘《はやがね》を打っているのが聞こえた。

（お願い、このまま、気づかないで遠くへ行って……！）

私たちは息を殺して男たちが遠ざかるのを待つ。

しかし、ここで想定外の敵が現れた。耳元でブンブンと虫の大きな羽音がする。

（これは……たぶん、サシバエ？）

サシバエとは、主に家畜小屋《かちくごや》に発生する吸血バエのことだ。家畜の他に人間も狙うことがあり、刺《さ》されると大変痛い。

ハークス伯爵領は馬の産地なので、馬小屋や、その周辺の草が茂《しげ》っている場所では、そういった虫が出る。どうやら、棚に入る際に、サシバエも一緒に入ってきてしまったようだ。山や厩舎《きゅうしゃ》で見たことはあるけれど、狭い空間で奴とご一緒する羽目になるなんてついていない。ハエはブンブンと存在を主張しながら私の周囲を飛び回っている。

「ひあああっ！　痛っ……！」

警戒していたにもかかわらず、不意打ちでハエが私の腕を刺してきた。痛くて思わず、声をあげてしまう。

「大丈夫か、ブリトニー!?　どうしたんだ？」

「む、虫に刺されちゃって……さ、サシバエが……！」

「ああ、さっきから飛び回っている奴だな。怖いと思うが、今は我慢《がまん》しろ……」

そう言って、リカルドは私の体を庇《かば》うように腕で囲い込む。

しかし、私の声に気がついたのか、男たちが近づいてきた。

「今、この辺りから、声がしなかったか……？」

「ああ、何か聞こえた気がするが」

声から察するに、敵はかなり近くまで来ているようだ。私とリカルドは、息を殺して気配を消した。棚の中は沈黙《ちんもく》に包まれ、外からの音も聞こえてこない。

しばらくして、男たちの気配がなくなり、二人で肩の力を抜いた時だった……

不意に足音が近づいて、隠れている棚が大きく揺れた。私は、声をあげそうになるのを我慢する。

体勢を崩し抱《だ》き締《し》め合うような形になった二人の周りを、サシバエがブンブンと暴れまわり、狭い棚の中は束《つか》の間《ま》大パニックに陥《おちい》った。

どうやら、男たちが外から棚を揺すったらしく、すぐ近くで声がする。

「もしかして、この中じゃないか……？」

そう言いながら棚の扉に手をかける敵の声に、思わず血の気が引いた。リカルドの体を掴んだ手に力が入る。気配を押し殺しているというのに、自分の心音と呼吸がいやに大きく響《ひび》く。これまでだと目を瞑《つぶ》った瞬間《しゅんかん》、もう一人の男の声がした。

「いや、いくらなんでも……そんな汚《きたな》いところに、貴族の子が入ったりしないだろう。この馬小屋は臭すぎる」

「確かに、金持ちのお嬢ちゃんが、臭くて虫だらけの小屋にいるわけねえか……」

「時間の無駄《むだ》だ、他を当たるぞ」

しばらくすると、男たちの話し声が遠ざかっていった。大きく息を吐いた私たちは、そっと棚の扉を開けて周囲を確認する。

「……よし、大丈夫そうだな」

涼しい空気が棚の中に入り込んできて、サシバエもどこかへ飛んで行く。

「ブリトニー……刺されたところは大丈夫か？」

「うん、ちょっと痛いけど問題ないよ。ひとまずうちの馬車に向かおう」

そうは言ったものの、私の腕は赤く腫《は》れていた。リカルドが痛ましそうな目で、腫れたところを見つめている。

(あとで、薬を塗《ぬ》っておこう。こんなことなら、虫除《むしよ》けオイルを持ってくればよかったな)

薄荷《はっか》から作ったオイルの効き目は絶大で、近々商品化する予定なのである。

私たちは、辺りを警戒しながら小屋の立ち並んでいる場所を通り抜けていった。馬車の前には、屋敷で働いている護衛の兵士が二人立っている。

「お嬢様《じょうさま》、リカルド様、ご無事でしたか!」

「ええ、大丈夫。二人とも、大きな怪我はありません。逃げてきたんです。お兄様は……?」

「まだ敵との交渉《こうしょう》から戻っていません……すぐに伝令を走らせます」

兵士のうち一人が、小屋がある方向へ駆けて行った。もう一人が、安心させるように私たちに微笑《ほほえ》む。彼は、よく祖父と一緒に行動している護衛だ。

「大丈夫ですよ、お嬢様。この一帯は我々が包囲しましたから、敵が全員捕えられるのも、時間の問題かと思います」

やはり、従兄は周到に準備をしてきたらしい。

「敵もほぼ炙《あぶ》り出《だ》して、あとはお二人を見つけるだけだったのです。しかし、小屋の数が多く時間がかかってしまって……自力で脱出していただけて助かりました。どうぞ、馬車の中でお休みください。じきに、リュゼ様も来られるでしょう」

「お祖父様は、屋敷にいるの?」

「いいえ、今回ここで指揮を執《と》っておられるのは、ハークス伯爵様ご本人ですよ。リュゼ様も、もちろん活躍しておられますが」

「ええっ？」

それを聞いた私は、思わずリカルドと顔を見合わせた。

（てっきり、リュゼお兄様が指示を出していると思ったのだけれど）

彼も祖父の頼《たよ》りない人となりは知っているらしく、意外に思っているようだ。

「私どもも、温厚《おんこう》な伯爵様の行動力には驚《おどろ》いておりますが。勤務歴の長い護衛の話では、若い頃の伯爵様は、この地を外国から守り抜いた英雄《えいゆう》だったのだとか……戦《いくさ》に関しては非常に優秀な方だったようです」

「父から聞いたことがある。昔、父がまだ幼く、伯爵も十代後半だった頃……北の国から攻《せ》め入《い》られたことがあって、それを食い止めたのがハークス伯爵だったと。おかげで、アスタール伯爵領は戦火を免《まぬが》れたらしい。伯爵本人の活躍もあったとは初耳だが、父がずっと伯爵を尊敬して慕《した》っている理由はそれなのだと思う」

「私……ずっと、アスタール伯爵がお祖父様に親切なのが、不思議だったんだよね。領地経営は下手だし、押しに弱くてすぐに借金してしまうような人だから」

年寄りの使用人から、祖父は戦に強く、様々な戦略を立てたり、自ら戦ったりできるのだと聞いたことがあったが、無理やりお祖父様を持ち上げているのだと思っていた。

（歴史の授業でも、「領主は大まかな指示だけ出して、実際は下の人間が現場であくせく

働いていた」なんて話が多いし）

だから、祖父が当時のハークス伯爵領の代表だっただけでなく、自ら戦っていたとは夢にも思わなかった。

祖父自身も、そのことを孫に自慢《じまん》したことなど一度もない。自らの武勇伝に心酔《しんすい》する性格ではないのだ。

いなくなった父や母から聞く機会はなかったし、伯父や伯母も祖父の過去には無関心。

（二人も、全く知らなかったのかもね。だから、こんな作戦を立てたんだろうな……）

情けないことに、私も祖父について何も知らなかったけれど。

「年配の護衛たちは、久しぶりの伯爵の指揮に張りきっています。力が入りすぎて、相手が可哀想《かわいそう》なくらいだ」

そう語る護衛たちの目も、祖父への尊敬にキラキラと輝《かがや》いていた。武闘《ぶとう》派伯爵とわかった祖父を、心から尊敬しているように見える。

馬車の中へ運ばれた私たちは、ひとまず肩の力を抜いた。外には護衛の兵士がいるので、安心である。彼らの口ぶりでは、誘拐犯たちはすぐに捕まりそうな雰囲気《ふんいき》だった。

「ブリトニー、大丈夫か？」

「ええ、二階から落ちたけれど、本当に怪我はないから平気。厚い脂肪が役立ったのかも」

「そ、そうか……それは、よかった」

返答に困ったらしいリカルドは、少し挙動不審《ふしん》になっていて面白《おもしろ》い。

「俺はなんの役にも立たなかったな。小屋から逃げ出せたのも、見張りを倒したのも、全てブリトニーだ」

そう答えた彼は、どこか落ち込んでいるように見えた。

（気にすることないのに……）

十四歳の少年に、物語の騎士《きし》のような活躍は期待していない。けれど、リカルドにとってはそうでないようだ。

「俺がもっと強ければ、連れ去られることなんてなかったのに」

「リカルドは落ち込んでいるみたいだけど、私はあなたがいてくれて助かったと思っているよ。一人じゃ心細かったし。縄を切るのにも時間がかかっていたと思うし、馬小屋の棚の中にも隠れられなかった。だから、ありがとう」

リカルドは、少し微笑む。生真面目《きまじめ》でシャイな彼らしからぬ、とても優しい笑みだった。

初対面ではなんて傲慢《ごうまん》な子供だと思ったが、今の私はリカルドを心から信頼《しんらい》している。

しばらくすると、血相を変えた祖父が馬車の中に顔を出す。

「ブリトニー、リカルド！　大丈夫だったかい？」

ちらりと馬車の外を見ると、地面に伸びた犯人たちが彼の部下に引きずられていくのが見えた。意識のある者も顔色が悪く、大人しく兵士に従っている。完全に戦意を喪失《そうしつ》した男たちには、まるで生気がない。よほど怖い目にあったのだろう。

「お祖父様、私たちは大丈夫です。二人とも無事ですよ」

座席から立ち上がると、祖父は力一杯《ちからいっぱい》私を抱き締めた。

「ああ、ブリトニー！　本当に怪我はないのだね？」

「ええ、無傷です。助けに来てくれて、ありがとうございます」

「儂《わし》が不甲斐《ふがい》ないばかりに、大事な孫を怖い目に遭《あ》わせてしまった。本当に、申し訳ない」

「いいえ、お祖父様のせいではありません。悪いのは、伯父様と伯母様なので」

「……そうか、やはり」

祖父も、今回の犯人の目星はついていたようで、普段は優しい顔を微《かす》かに歪《ゆが》めている。

彼は、いつの間にか馬車の前に集まっていた兵士たちに告げた。

「ブリトニーは、昔からまっすぐな子で……戦しかできない儂にも、裏表なく接してくれる大事な可愛い孫だ。そんなブリトニーを傷つける者は、たとえ身内であっても許さない。しかるべき処罰《しょばつ》を下す」

祖父の言葉に、兵士たちは重々しく頷く。

「そして、この誘拐事件は全て儂の至らなさが引き起こしたことだ。責任を取り、ハークス伯爵の座は、近々孫のリュゼに渡そうと思う……」

周囲の動揺をよそに、祖父は言葉を続けた。

「若くして伯爵になった儂は、この領地を維持《いじ》することに大変な苦労をした。だから、なるべくなら可愛い孫には、この重圧を押しつけたくなかったのだ。だが、ここへ来る途《と》中《ちゅう》でリュゼと話し合い、彼になら任せられると考えた。リュゼは儂よりも優《すぐ》れた、出来の良い男だからな」

リュゼは、なかなか伯爵の座を明け渡してくれない祖父に不満があったようだが、彼は彼なりに孫を想《おも》ってのことだったらしい。

「これからは、儂の代わりにリュゼに仕えてほしい。儂は補佐《ほさ》に回る」

兵士たちは、黙って頭を下げていた。

伯父と伯母は、すぐにでも犯罪者たちを収容する北の塔へ移されることになった。監視《かんし》もより厳重になり、彼らにとって厳しい毎日が待っているだろう。

険しい顔を一転させた祖父は、いつもの優しい顔に戻り私に微笑みかける。

「ブリトニーや、儂とリュゼはまだ用事があるから、リカルドと先に帰っていておくれ」

「はい、お祖父様」

脱走劇と緊張感で、身も心もクタクタである。

アスタール伯爵家からの長旅直後に攫《さら》われたリカルドはきっと、私などよりずっと疲れているだろう。

「リカルド、横になっていいよ。私も、馬車の中ではゆっくりさせてもらうね」

「ああ、すまない」

「私のイビキがうるさかったらごめんね」

「お前、イビキもかくのか……」

デブゆえに、イビキはうるさいと思う。うっかり研究室で居眠《いねむ》りをした際、リュゼに指《し》摘《てき》されからかわれた。

「安眠《あんみん》妨害だったら、遠慮なく起こしてくれていいから」

イビキの原因は、寝ている時に気道が狭《せば》まり、空気が通りにくくなることだ。

気道が狭くなると、そこを通る空気の勢いが強くなり、それが喉《のど》を震《ふる》わせて不快な音となる。デブは、喉や首にも脂肪がたくさんついているので、必然的に気道が狭くなりやすい。

引きつった笑みを浮《う》かべたリカルドは、賢明《けんめい》にも黙って私の言葉に頷いた。

馬車がガタゴトと山道を進み、敵のいた小屋から離れていく。祖父たちは、処理が残っているので、後から戻ってくるらしい。

小屋のあった場所は、馬車でハークス伯爵家から半日の距離だ。

馬車の中、私とリカルドは向かい合って一緒に眠《ねむ》った。彼と同じ経験をし、同じことを感じた今、二人の距離がまた縮まった気がする。

俺――リカルドとブリトニーは無事に保護されて、伯爵家へ戻る馬車に乗り込んだ。
ガタゴトと揺れる馬車の中で、猛獣《もうじゅう》のうなり声のような大音量のイビキが轟《とどろ》く。騒音《そうおん》の主は、正面の椅子《いす》の上で眠っている元婚約者のブリトニーだ。

（……こいつ、まだ眠る気なのか？）

四人がけの馬車の座席に座ったままの俺は、誘拐のショックで一睡《いっすい》もできず、加えてうるさくて眠ることもできず、目の前で気持ちよさそうに横になるブリトニーをぼんやり眺《なが》めている。

熟睡《じゅくすい》中の伯爵令嬢は、異性と一緒にいるという自覚がないのか……よだれまで垂らしていた。出会った当初ほどの酷さではないが、やはりブリトニーは令嬢として残念な部類だと思う。

馬車は、夕焼けに照らされる深緑色の牧草地を下り、ハークス伯爵家に向かっていた。

リュゼたちが助けに来なければ、俺もブリトニーも、あの場から逃げ出せなかったかもしれない。年上の友人に感謝しているが、同時に言いようのない悔《くや》しさを感じてしまう。

リュゼと比べて未熟な自分が、どうしようもなく恥《は》ずかしかった。

一日と経たず事件が解決したのは、ただ単に運が良かっただけだ。

今回の犯人は、リュゼの両親。彼らが、金銭を手に入れるのを焦ったせいか、俺たちが捕えられていた場所は伯爵家から半日の距離だった。

そのおかげで発見や捕縛《ほばく》も早かったのだろうが、そうでなければ未だに敵に捕えられていたかもしれない。

（それにしても……）

俺は、自分の両手を見下ろし、ため息をつく。

幼い頃から嗜《たしな》み、王都で磨《みが》きをかけた剣術《けんじゅつ》には自信があったはずなのに……誘拐犯相手に、全く歯が立たなかった。今まで習ってきたことは、実戦ではなんの役にも立たなかったと、自分の力不足を痛感する。

ブリトニーは、当初思っていたような嫌な女ではないと、今ならはっきりそう言える。確かに外見は太っているし、行動も少しがさつだ。イビキだってとてもうるさい。

だが、言動は見た目よりも大人びているし、領地経営にも前向きな姿勢に好感が持てた。

貴族の令嬢が、自分の領地の将来を真剣《しんけん》に考えるということは珍《めずら》しいのだ。この国の大《たい》抵《てい》の令嬢は、利益だけを吸い上げて好き勝手に生きている。

そんな彼女たちと比べると、ブリトニーの性格は悪くなかった。むしろ、最初の印象とは真逆の、努力家で心根の清らかな人間だと思う。以前は見るに堪《た》えなかった体型も、近頃は目に見えて細くなってきている様子。

努力ができる人間なのに、なぜあのような体つきになってしまったのかは謎《なぞ》だが。

（リュゼが言っていた、使用人たちからのいじめや、両親の不在。行きすぎた伯爵の溺愛……原因はストレスによるものなのかもしれない。あまり追及してやるのは、気の毒だな）

あの時、ブリトニーとの婚約を進めていてもよかったのではないかと思うくらいだ。

（……って、俺は何を考えているんだ）

これではまるで、ブリトニーに気があるみたいではないか。

（……いや、もしかして、そうなのか？）

俺には、必要以上に彼女を意識しているという自覚があった。もし、そうなら、リュゼに嫉妬心《しっとしん》を抱《いだ》いてしまったことにも納得《なっとく》がいく。

（そんな、まさかな……だって、ブリトニーだし）

俺は、自分の心に芽生えた新しい気持ちに不安を感じた。その想いに忠実に生きようとすることは、とても難しい。なぜなら、俺はそんな相手との婚約を一方的に二回も潰してしまったからだ。それも、自らの手《こわ》で。

（過去に、彼女との婚約の機会を壊したのは俺自身。さんざん彼女を傷つけたのに、今更《いまさら》どの面《つら》を下げて婚約破棄の撤回《てっかい》など言いだせる？）

ブリトニーとの将来に関して、ハークス伯爵家はリカルドを認めることはないだろう。

そのことに、わずかに胸がざわめいた。


翌日の朝、馬車はハークス伯爵家に到着した。屋敷へ入ろうとしたところで、私は不意に強いめまいに襲《おそ》われる。

「……あ、あれ？」

突如平衡《とつじょへいこう》感覚を失った私は、戸惑いながらその場にしゃがみ込んだ。足に力が入らず、地面が大きく歪む。

「ブリトニー!?　どうした!?」

近くでリカルドの声が聞こえるが、顔を上げられない。そのまま、私は意識を失った。

目を覚ますと、ベッドの天蓋《てんがい》が見えた。どうやら、あのまま倒れて自室に運び込まれたようだ。開いた窓の外を見ると、夜になっている。

(ここまで私を運ぶのは大変だっただろうな)

重労働をせざるを得なかった誰かに、ひたすら申し訳ないと思う。

視線を横にずらして起き上がろうとすると、目の前に艶《あで》やかに整った従兄の顔があった。

驚いて思わず声をあげてしまう。

「……リュゼお兄様!?　えっ、どうして私のベッドに？」

両膝《りょうひざ》を床についた状態の彼は、ベッドにもたれかかるようにして、うつ伏《ぶ》せで眠っているようだ。だが、私の声に反応して、ゆっくりと目を開き頭を持ち上げる。

「ん……それはもちろん、現場での仕事を終えて帰って来たからだよ。ブリトニー、やっと起きた？」

「お兄様、私……」

「緊張が解けたのと、疲れから、熱を出してしまったみたいだね。目が覚めてよかった」

「ええと、一体誰が……この私を部屋まで運んでくれたのでしょう？」

「リカルドだと思うよ。心配していたから、落ち着いたら会ってあげて」

「はい……リカルドの腕が攣《つ》っていないか心配です。謝罪しなければ……！」

「彼は、そんなに柔《やわ》じゃないよ。それより、ブリトニーは、もう少し寝ていた方がいい」

私の額には濡れたタオルが乗せられており、サイドテーブルには洗面器も置かれている。ベッドの前で寝落ちしていた従兄――リュゼが看病してくれていたのだと、嫌でもわかってしまった。

「あの、お兄様……ありがとうございました。もう大丈夫ですから、どうか休んでください。帰って来てからずっと、私を看《み》てくれていたのでしょう？」

「適度に休んでいたから、大丈夫……何か食べる？」

疲れて眠っていたというのに、リュゼは妙《みょう》なところで素直じゃない。急いで起き上がろうとした私だが、従兄に力ずくでベッドに戻された。

そのままメイドに私の食事を頼んだリュゼは、料理を私のすぐ傍まで運んでくる。彼は、ニンマリと口《くち》の端《は》を持ち上げると、とんでもないことを言い出した。

「じゃあ、ブリトニー……口を開けて？」

「え、ええっ！　嫌ですよ、一人で食べられます」

「我儘を言うものじゃないよ。ほら、あーん？」

「…………っ！」

絶対に引かないリュゼの様子に私は確信した。この従兄は、私が嫌がるのを楽しんでいるのだ！　その証拠に、彼は満足そうな笑顔《えがお》を浮かべている。

（なんて、悪趣味な奴！）

しかし、腹が減っているのも事実。私は素直に口を開けて、親切かつ意地悪な従兄の差し出すスプーンを受け入れた。

「そういえば……ブリトニー、誘拐犯を一人倒したんだってね？」

「ああ、捕まっていた小屋から逃げ出した時のことですね。確かに倒しましたが、あれは偶然《ぐうぜん》です。敵を突き飛ばそうとしたら、一緒に落ちてしまって……」

耳元で囁《ささや》く従兄の言葉を、とりあえず否定しておく。

「君が、全体重をかけて潰しにきたって、誘拐犯の男が証言していたけど？」

笑いを含《ふく》んだ声でそう告げるリュゼは、私の不安を取り去ろうとしているようにも見えたけれど、ただ単に白豚令嬢をからかいたいだけのようにも思えた。

「……否定はしませんが、後でその男を一発殴《なぐ》らせてください」

前世で有名だった妖怪《ようかい》、子泣き爺《じじい》のような扱いを受けるのは、ちょっと嫌だ。

「まあ、ともかく……この領地の諸悪の根源はいなくなったし、君たちも無事で本当によかったよ」

「そうですね、お兄様。改めて、助けていただきありがとうございました」

私とリュゼは、黙ってお互いを見つめ合う。

（不本意だろうけど、リュゼお兄様が本当に私を心配してくれたんだって、わかってしま

う）

リカルドは素直だが、リュゼは、全くもって素直じゃないのだ。

食事を終えると、私が目覚めたのを知ったリカルドが部屋を訪れた。運んでもらったお礼を言いたいのでメイドに言って中へ通してもらう。

「ブリトニー、熱はもう大丈夫なのか？」

「平気。リカルド、ここまで運んでくれてありがとう。重かったでしょ……？」

「お、重くなんてない。お前は変なことを気にせず休めばいい、まだ本調子ではないだろう？」

「ありがとう、でも、だいぶ元気になったよ」

「よかった。完全に回復したら、またゆっくり話したい」

そう言うと、リカルドはリュゼを引っ張って部屋を出て行った。

窓からは、私の気持ちを代弁するような、暖かな夜風が吹き抜けていった。

屋敷に帰還した途端、ブリトニーが倒れてしまった。

どんなに逞《たくま》しく見えても、彼女は伯爵家の令嬢。もっと気を使ってやるべきだったと後《こう》悔《かい》する。

ブリトニーの様子が心配だが、所詮《しょせん》俺は身内ではなく他人だ。気軽に他家の令嬢の部屋に押しかけるわけにはいかない。そのことが、とても悔しく感じられた。

持ってきた荷物は誘拐された時にどこかへ行ってしまったのでリュゼの服を借りている。彼の服は少し大きく、ズボンの丈《たけ》が余っていた。複雑な気分だ。

ハークス伯爵家の人々に気遣《きづか》われ、俺も少し休むことにした。

しばらくすると、リュゼと伯爵が戻《もど》ってくる。孫が倒れたことに狼狽《ろうばい》した伯爵は、ブリトニーの部屋へすっ飛んで行った。

医者の診察《しんさつ》結果は疲労《ひろう》と極度の緊張状態が解けたせいとのこと。彼女の命に別状はない。

「リカルド、うちの揉《も》め事《ごと》に巻き込んでしまってごめんね。君が無事でよかった、ブリトニーを守ってくれてありがとう」

「いや、俺がブリトニーを守ったわけじゃない。俺は、何もできなかった」

「攫われるブリトニーを助けようとしてくれたと聞いたけど？」

「たった一撃でやられた。俺は、自分自身が不甲斐ない。リュゼみたいに強くなりたい。今度は、ブリトニーを守れるように」

そう言うと、リュゼは穏《おだ》やかな笑みを浮かべ、俺の頭をポンポンと撫でた。彼のこういう余裕のあるところに、無条件でかなわないと思ってしまう。

それが、少し悔しかった。

ブリトニーの体重、五十五キロ

9：白豚令嬢、痩せる

窓の外、灰色の曇《くも》り空《ぞら》を見上げながら、私は祖父の部屋にある長椅子《ながいす》に腰掛《こしか》けていた。

季節はまだ夏だが、曇りや雨の日は比較的《ひかくてき》涼《すず》しく、デブにも優《やさ》しい。

伯父《おじ》と伯母《おば》が起こしたあの誘拐《ゆうかい》事件を通して、ハークス伯爵家《はくしゃくけ》にはいい変化が起こっていた。

(なんとなく、家族関係が以前よりも良くなった気がするんだよね)

頼《たよ》りない当主だった祖父の意外な活躍《かつやく》により、私やリュゼだけでなく、比較的新しい使用人たちも彼《かれ》を見直すようになっている。ギスギスしがちだった、貧乏《びんぼう》伯爵家の空気も和《やわ》らいでいた。

心配の種が減ったからか、従兄《いとこ》のリュゼの表情も、いつにも増して爽《さわ》やかに輝《かがや》いている。

今は、家族で食卓《しょくたく》に集まり、夕食をとっているところだ。

「それはそうと、ブリトニー。アスタール伯爵から、帰って来たリカルドの様子がおかしいという手紙が来たのだが……」

テーブルを挟《はさ》んで向かい合う祖父が、世間話を始める。彼は親しいアスタール伯爵と、よく手紙のやりとりをしていた。

誘拐事件でブリトニーを守ったことでリカルドの婚約破棄《こんやくはき》に対する怒《いか》りも薄《うす》れてきた今では、彼の話題も普通《ふつう》に出てくる。

「あの、リカルドが、おかしいとは……？」

聞けば、アスタール伯爵から「息子《むすこ》が何かに取り憑《つ》かれたみたいに、剣《けん》の修行《しゅぎょう》ばっかりしていて怖《こわ》いんだけど」と連絡《れんらく》が来たとのこと。

（ああ、あの時のことを、まだ気にしているんだな……）

リカルドは完璧《かんぺき》主義なところがあるみたいで、誘拐事件で敵に歯が立たなかったことを未《いま》だに悔《く》いているようだ。

でも、努力家なところには好感が持てる。あの事件を経て、私も、身を守ることの大切さは痛感していた。

「お祖父様、そのことに関して、私からお願いがあります」

「なんだい？　ブリトニーからのお願いなら、なんでも聞いてあげよう」

相変わらず、祖父は私に甘《あま》い。それをいいことに、私はある提案をした。

「実は、私もリカルドのように剣術《けんじゅつ》や武術を習いたいのです。とはいっても、彼とは違《ちが》い、最低限の護身のためですが」

「じゃが、ブリトニーは女の子だしのう」

「今回のことで、思ったのです。護身術を習っていれば、敵を倒せずとも逃《に》げきれたのではないかと。お祖父様はリュゼお兄様に伯爵の位を譲《ゆず》り渡《わた》せば、その後は比較的時間に余《よ》裕《ゆう》ができますよね。その時間で私に護身術の基礎《きそ》を教えていただけないでしょうか」

いくら歳《とし》を取っていても、この地を守った英雄《えいゆう》である祖父は、私よりかなり強いだろう。引き受けてくれるか半信半疑だったが、自分を頼る孫のお願いに、ハークス伯爵は、あっけなく陥落《かんらく》する。

そういうわけで、その後、私は祖父から護身術を学び始めた。

もともと、ほとんどの仕事はリュゼが仕切っていたのだが、残りの仕事も少しずつ従兄に引き継《ひ》いでいるようで、祖父は時間をもてあましているのだ。

庭で教わるのは、護身術の基本だった。まずは、身を守るための武術。刃物《はもの》を扱《あつか》う剣術は後回しである。

(……お祖父様の教える武術の内容には、少々疑問を覚えるけれど。これって、普通の護身術だよね?)

孫と一緒《いっしょ》に過ごす時間が嬉《うれ》しいのか、はりきった祖父は、色々な技《わざ》を次々に伝授してくれる。なぜか、祖父を慕《した》う年配の護衛たちも一緒になり、ノリノリで明らかに護身の域を超《こ》えている技まで教えてくれた。

(ねえ、これ……本当に護身術なの? 過剰《かじょう》防衛、むしろ攻撃《こうげき》じゃない?)

不安を覚えるも、武術の素人《しろうと》である私は、歴戦の戦士である彼らに何も言えない。

(もしかしたら、本当にこれが護身術の基本なのかもしれないし)

皆《みな》、祖父と同年代だが、まだ現役《げんえき》を退かない兵士だけあって筋肉ムキムキである。

（それにしても、護身術を習うだけなのに、めちゃくちゃしんどいし！　なんで皆、そんなに俊敏《しゅんびん》なの？）

機敏《きびん》な老人たちとの、ハードなトレーニングが功を奏したのか、十三歳《さい》の終わりには、私の体重は五十キロを切った。心なしか、筋肉さえついたように思える。

私は、この訓練を年配兵士たちによる新兵訓練《ブートキャンプ》と呼んでいた。

詩や音楽は相変わらずの出来だが、ブートキャンプによる筋トレや護身術、剣術指南は私に向いていたようだ。

なぜか、めきめきと実力がつき、私は武闘《ぶとう》派寄りの令嬢《れいじょう》になりつつある。

（ダイエットは成功しているし、まあいいかな……）

時折、従兄のリュゼも顔を見せた。

「ブリトニー、頑張《がんば》っているね。以前とは別人のような体型になったし……」

祖父たちが仕事で不在の日は、私一人で護身術の訓練をしている。何度も練習して真面目に覚えないと、いざという時に体が動いてくれない。

「お兄様は、お仕事がお忙《いそが》しいみたいですが、私の訓練を見に来ていて大丈夫《だいじょうぶ》なんですか？」

「ああ、今日すると決めた仕事は、全て片付けたから。それに、僕《ぼく》もたまには体を動かしたいし」

この日も、従兄は平常通り優秀《ゆうしゅう》だった。

「そういえば、お兄様は武術や剣術は得意ですか？」

「一応、剣の稽古《けいこ》もしているし、王都の学園時代に一通りは学んでいるけれど……」

「でしたら、少しお相手を願えますか？　今日は、お祖父様も兵士の方々も他に仕事があったので、こうして一人で訓練をしていたのです。でも、それだと、どうも感覚が掴《つか》みにくくて……」

年配の兵士たちからは、「お嬢様《じょうさま》はかなり強くなった」と褒《ほ》められている。私は、あわよくば、日頃《ひごろ》から少々意地悪な従兄の鼻を明かしてやろうと目論《もくろ》んだ。

「別に、いいけど」

リュゼは、着ていた上着を軽く畳《たた》み、近くの木にかける。色白で細身の彼は、あまり強そうに見えなかった。

庭の一角で、リュゼと向かい合い、私は護身術の訓練を開始する。しかし……

「ブリトニー、脇《わき》が甘いよ？」

初手を防がれ、不意打ちで背後を取られた私は、あっけなくリュゼに羽交《はが》い締《じ》めにされた。これでは、身動きが取れない。

「うわぁっ⁉　お兄様、これは卑怯《ひきょう》です……！　正々堂々と戦ってください！」

「敵は、礼儀正《れいぎただ》しくルールに則《のっと》って攻撃してはくれないものだよ。むしろ、反則技を多用する」

背後で笑うリュゼを相手に護身術を実行しようとするのだが、軽く躱《かわ》され、なかなか攻撃が当たらない。

「ほらほら、ブリトニー。そんな調子だと、いざという時に暴漢を撃退《げきたい》できないよ？」

「くっ……！　なんてタチの悪い暴漢なの！」

鬼畜《きちく》な従兄のレッスンは、老人たちのものよりもさらにスパルタ式で、私は見事に返《かえ》り討《う》ちに遭《あ》ったのだった。

（おのれ……！　いつか、絶対にギャフンと言わせてやる！　リカルドも頑張っているし、私もしっかりしなきゃ）

彼に恥《は》ずかしい自分を見せたくない。なぜか、強くそう思った。

季節は巡《めぐ》り、冬がやってきた。国の北側にあるハークス伯爵家の冬は、割と厳しい。

ハークス伯爵領は縦長で面積だけは広く、南の方は寒さがマシなのだが、北側はずっと雪が降り続くような土地だ。

（皮下脂肪《ひかしぼう》が消えて、マシになったはずだけれど）

脂肪は断熱効果があるので、デブは寒さに強いと思われがちだ。しかし、現実は違う。外部の寒さが伝わりにくいということは、暖かさも伝わりにくいということ。体の芯《しん》まで冷えてしまった場合、なかなか全身が温まらない。

さらに、脂《あぶら》っこいものばかり食べて血液もドロドロだったせいで、過去のブリトニーは暑がりと同時に冷《ひ》え性《しょう》でもあった。

(食事は改善したけれど、やっぱり寒いなあ……)

もっと北の国もあるのに甘えるなと言われるかもしれないが、寒いものは寒い。

厚手のドレスを着て、その上からコートをかぶった私は、いそいそと温泉を目指す。伯爵家の庭には、もちろん雪が降り積もっていた。

(やっぱり、寒い日は温泉に限るよね)

温泉のある小屋へ向かうと、扉《とびら》からリュゼが出てきたところだった。昼間は、伯爵家の人間が自由に温泉を使える時間なので、従兄や祖父もよく利用している。

「お兄様も、温泉ですか?」

「うん、寒いからね。今日は着替《きが》え中に鉢合《はちあ》わせなくてよかったよ」

「……! 今は、扉に札をかけてあるから大丈夫ですってば!」

以前に、リュゼに太った体を見られた時は、かなりのショックを受けた。あの後すぐに、「入浴中」の札を作って扉に設置したのだ。二度と、あんな失敗はしたくない。

「そんな風に年頃の女の子をからかうのは悪趣味《あくしゅみ》ですよ」

「あれ、前に聞いた話が本当なら、ブリトニーって、実年齢《じつねんれい》は僕より年上なんだよね?

それに加えて十三年生きているわけでしょう?」

……暗に「年増女なのに、そんなことを気にするの？」と、言われた気がした。信じているのかいないのか、従兄は時折あの時の話題を持ち出す。

確かに私には前世の知識があり、リュゼより年上だが……転生の影響《えいきょう》か周囲の環境《かんきょう》か、精神年齢が肉体に引っ張られ、年相応に子供っぽくなっていると思うのだ。

物心ついた時からブリトニーとして生きてきた記憶《きおく》があり、周囲が私を子供だと思って接するせいかもしれない。

「そういえば、ブリトニーはもうすぐ誕生日だね。十四歳になるわけだ。僕との約束、覚えている？」

黙《だま》って従兄を見つめると、彼は美しい笑《え》みを浮《う》かべながら私の答えを待っている。

「……十五歳になるまでに、婚約者になりそうな相手を見つけること。さもなければ、王都行き」

「期限まで、あと一年だね？」

確認《かくにん》するようなリュゼの言葉に、私はゾクリと震《ふる》える。そう、もう時間がないのだ。

「お兄様、せめて、もう一年引きのばせませんか？　この一年は、領地内のゴタゴタであまりパーティーに出られませんでしたし、お兄様の伯爵就任も決まりましたし……」

「約束は約束、僕は三年も猶予《ゆうよ》をあげたよ。それとも、今になって無理だと怖気《おじけ》付《づ》いた？」

「……なんですと！」

私は、従兄の言い方に反発したくなった。

「はあ？　そんなはずがないでしょう。見つけてやりますよ、金持ちの婚約者！　お兄様をギャフンと言わせてやりますから！」

捨《す》て台詞《ぜりふ》を吐《は》いた私は、温泉小屋の中に入り、ピシャリと乱暴に扉を閉める。

（ああっ！　言ってしまった……！）

売り言葉に買い言葉の勢いで思わず啖呵《たんか》を切ってしまったが、早くも猛烈《もうれつ》に後悔《こうかい》している。従兄の挑発《ちょうはつ》に簡単に乗ってしまった自分が憎《にく》い。

温泉で体を温めた後、私は今後の対策を考えた。

痩《や》せたとはいえ、私の顔は平凡《へいぼん》。多少似ているパーツはあるが、美形のリュゼには遠く及《およ》ばない。すなわち、それほど異性にモテそうではない。

（なんとかした方がいいかも……手っ取り早いのは、化粧《けしょう》かな）

これまでも、化粧はしてきた。ぽっちゃり顔を小さく見せることに特化した化粧だ。

小さく見せるといっても限度はあるが、顔の周りに影《かげ》を作ることによって、デカい顔が多少マシに見える。

けれど、それ以外はあまり手を加えていない。今度はさらに自分を綺麗《きれい》に見せる必要があるが、どうすればいいのか具体的な案があるわけではない。

悩《なや》みながら伯爵家の廊下《ろうか》を歩いていると、リュゼの部屋の扉が開いていた。

（閉め忘れたのかな？）

従兄の部屋は、質素で実用性を重視した場所だった。

本棚《ほんだな》には実用書が規則正しく並び、執務机《しつむづくえ》の上には筆記用具のみが置かれている。もちろん、その他の場所にも無駄《むだ》なものは置かれていないし、床《ゆか》には塵《ちり》一つない。

彼の性格を表すように、恐《おそ》ろしいほどきっちりと整理されている。

だから、そんな綺麗な部屋の中で、その物体は異様に目立った。

リュゼの部屋の中央にあるテーブルの上に置かれていたのは……小さな額に入れられた少女の絵だ。気になって、思わず彼の部屋に足を踏《ふ》み入《い》れてしまう。

「なに、あれ……」

（これって、お見合い用の姿絵なんじゃ……）

伯爵になった従兄は、近々見合いでもするのだろうか。

そんな話は聞いていないが、それならば、さっさと私を追い出そうとするのも納得《なっとく》がいく。

行き遅《おく》れの従妹《いとこ》が、いつまでも小姑《こじゅうと》よろしく屋敷《やしき》に居座《いすわ》っているのは良くないだろう。

私は小さな姿絵をまじまじと見つめた。額の中では、青い目に黒髪《くろかみ》の美少女が微笑《ほほえ》んでいる。彼女《かのじょ》は、今の私より年下のようだ。

（お兄様ってそういう趣味なの？　私よりも年下の女の子に興味があるなんて。見た目は爽やかな美男子なのに、意外な性癖《せいへき》を持っていたんだな……）

複雑な気持ちになりつつも、私はあることに気がついた。じっと、絵の中の少女を観察する。

（この子、私と同じ髪型《かみがた》と目の色だよね……それに美少女だ。化粧の参考に使えるかもしれない）

彼女の顔に近づけて化粧をすれば、私でもそれなりに見えるのではないだろうか。

とはいえ、勝手に絵を持ち出すのも気が引ける。泥棒《どろぼう》のような真似《まね》はしたくない。

悩みながら従兄の部屋を出ようと踵《きびす》を返《かえ》すと、入り口に部屋の主が立っていた。

「……ひっ！　お兄様！」

「何をしているのかな、ブリトニー。今日はよく会うね？」

「ほ、本当ですねぇ」

まずい現場を見られてしまった。

「勝手に入ってすみません、廊下からこの姿絵が見えまして。思わず、気になってしまって」

「ああ、その絵か。興味があるの？」

「ま、まさか……お兄様の性癖をどうこう言うつもりはありませんよ。私より年下の少女に興味をお持ちだとか、ロリコンの変態だとか」

私の言葉に、従兄がぽかんと口を開けた。いつも隙《すき》のない従兄にしては、珍《めずら》しい表情である。

「……ええと、一体何を言っているのかな？」

「この絵に描《えが》かれている令嬢のことです。お兄様の婚約者候補の方なのですよね？」

リュゼは、姿絵に目を移すと、面白《おもしろ》そうに目を細めた。

「ああ、そういう解釈《かいしやく》をしたんだ？」

「違うのですか？」

「これは、僕の婚約者候補なんかじゃない。リカルドとのお見合いで使った、君の釣書《つりがき》用の絵だよ」

今度は、私が口を開けて静止する番だった。

「……なっ、なんですとー!?　これ、私なのー？」

描かれている少女は、私とは全く似ても似つかない。しかも、婚約した当時の私は八十キロ以上ある巨体《きよたい》の持ち主だった。

……何をどう見て絵を描けば、こんな可憐《かれん》な令嬢が出来上がるのか。釣書用の絵を描いた画家の想像力に敬服する。

「これって、詐欺《さぎ》なんじゃ……？　いくらなんでも、リカルドが可哀想《かわいそう》ですよ」

「うーん、当初は釣書だけ送って、断れない状況《じようきよう》にしてから、何年か後に彼を君に会わせるつもりだったんだけど」

「悪質です……！　騙《だま》す気満々じゃないですか」

「うん。でも、ちょっと想定外のことが起こって、うまくいかなかったんだよね。この絵は予備で描いてもらったものだけれど、もう使わないからどこかに保管しておこうと……」

「お兄様！　でしたら、お願いがあります」

私は、まっすぐに従兄を見つめて口を開く。

「この絵、私にください！」

数分後、私は自室の化粧台の前に座《すわ》っていた。卓上《たくじょう》には、従兄にもらった姿絵と化粧道具一式が置かれている。

メイドの手を借りずとも、前世の知識があるので自分で化粧くらいはできるのだ。多少勝手は違うが、なんとかなる範囲《はんい》だった。いつもよりも、少しだけ濃《こ》いめに化粧を施《ほどこ》していく。目は大きくパッチリと、鼻は高さが出るように、唇《くちびる》はぽってりと可愛《かわい》らしく。

そうして、前世の化粧の腕前《うでまえ》を発揮した結果、鏡の前に見たことのない可憐な美少女が誕生した。

（ふぉお！　予想外にそっくりになってしまった）

けれど……これなら、一年以内に婚約者を見つけられるかもしれない。追《お》い詰《つ》められた今、化粧詐欺云々《うんぬん》については、深く追及しないことにした。

その顔のまま、屋敷の中をうろついてみる。目指すは、祖父やリュゼのいるダイニングだ。

夕食の席に現れた私を見て、祖父があんぐりと口を開ける。対するリュゼは……面白そうに口《くち》の端《は》をつり上げながら眺《なが》めていた。

「へえ、うまく化けたものだね、ブリトニー。まるで、釣書の姿絵だ。もう少し早くこうなっていれば、婚約破棄されることもなかったのにね」

余計なことを言う従兄に腹を立てつつ、彼の青い目にまじまじと見つめられた私は少し居心地《いごこち》が悪くなる。

「……これから頑張るからいいんです」

落ち着かない気分のまま、私は従兄の向かいに着席した。目の前にいるリュゼが、全然視線を外してくれない……。

「ブリトニーは、いつも、何をしていても可愛いぞ！」

のんびりとした祖父の一声で、食卓はいつもの空気に戻《もど》った。従兄からの視線も外れたので、内心ホッとする。

「そういえば、リカルドからブリトニー宛《あて》に手紙が来ていたみたいだよ。二人は、不思議と仲がいいよね」

「そうですね。リカルドは、色々と便宜《べんぎ》も図《はか》ってくれるし、優しくていい子なんですよ！」

私は、彼がいかに気持ちの良い少年なのかをリュゼに力説した。

「それだけ？」

「……どういう意味ですか？」

「別に、深い意味はないけど。ブリトニーは、リカルドを気に入っているんだなと思って」

「気に入っているというか、良い友人だと思っています！」

それを聞いたリュゼは、額に手を置いて面白そうに笑う。ある程度慣れてきたとはいえ、彼の態度は時々わからない……

部屋に戻ると、メイドがリカルドからの手紙を届けてくれていた。いそいそと封《ふう》を切ると、シンプルな便箋《びんせん》に書かれている流れるような文字が現れる。

『ブリトニー、最後に会ってから数ヶ月が経過したが、変わりないだろうか。こちらは、相変わらずの日常だ』

いかにも、リカルドらしい文が並び、私は思わず微笑んだ。

噂通《うわさどお》り、盆地《ぼんち》である王都の夏は蒸《む》し暑《あつ》く、冬は底冷えするそうだ。アスタール伯爵領に負けず劣《おと》らずかなり寒いらしい。手紙には、近況《きんきょう》報告と私を気遣《きづか》う言葉が書かれており、温かい気持ちになる。

返事を書くために、私はさっそく紙とペンを用意した。彼を驚《おどろ》かせたいので、痩せたことは秘密にしておく。今度会った際の反応が楽しみだ。

窓を開けると、冷たい風が体を包む。空を見上げれば、今にも落ちてきそうな銀色の星が瞬《またた》いていた。

少女漫画《まんが》の世界に転生したと知った時は、大きなショックを受けたし、ブリトニーの運命に絶望した。

けれど、今は自分のできることを精一杯《せいいっぱい》やれば、希望があると信じている。

(自分磨《みが》きはもちろんだけれど、領地のためにたくさん勉強もしたいな)

それが、きっと未来の婚約者探しにも繋《つな》がるだろう。このまま体重を増やさないよう努力して、十五歳までに婚約相手を見つけるのが、今の私の目標だ。

(それが達成できれば、私は王都に行かずに済む)

意地悪な主人公の姉、アンジェラの取り巻きにならず、その流れで処刑《しょけい》をされることもない。好きな少女漫画の世界で、普通の伯爵令嬢として生きていけるのだ。

(さあ、新生ブリトニーの出陣《しゅつじん》だ！　もう、白豚《しろぶた》令嬢なんて言わせないんだから！)

濃紺《のうこん》に染め上げられた冬の夜空を見上げ、私は決意を新たにしたのだった。

ブリトニーの体重、四十キロ

Ｆｉｎ

あとがき

はじめまして、桜あげはです。

この度《たび》は本書をお手に取っていただき、ありがとうございます。

今回は、現代日本から転生した女の子が、駄目駄目《だめだめ》ポッチャリ令嬢《れいじょう》として奮闘《ふんとう》するお話。

転生先が体重八十キロの子供。しかも、他にも欠点山積みで死亡フラグまであるという……ハードなスタートです。

とはいえ、他人事《ひとごと》なので非常に楽しく書かせていただきました。

そのせいか、ブリトニーは非常に図太……たくましい主人公となっております。多少のことではめげません！

リュゼは、少々ひねくれているけれど領地のために一生懸命《いっしょうけんめい》な青年。リカルドは、年相応の幼さを残しつつ、少しずつ成長していく少年です。

リカルドは、初めて書くタイプの子なので、色々新鮮《しんせん》で書いていて楽しかったです。書きやすいのはリュゼお兄様ですが。

数多くのネット小説の中から白豚《しろぶた》令嬢を見つけてくださった担当様。本当にありがとうございます。

放っておいたら物騒《ぶっそう》な展開へ舵《かじ》を切り始める私を、恋愛《れんあい》路線に軌道《きどう》修正してくださり感謝です。この巻の男性陣《じん》——特にリカルドが素敵《すてき》なのは、ひとえに担当様のおかげです。

創刊当初からビーズログ文庫のファンで、たくさんの作品を読み続けてきた身としましては、こうして自分の本を出していただけたことがとても嬉《うれ》しいです。

そして、校正様。誤変換《ごへんかん》や余計な装飾《そうしょく》の多い私の不穏《ふおん》な文章を、読みやすく直してくださりありがとうございました。校正紙のところどころに描《か》かれた豚のイラストに和《なご》みながら、確認《かくにん》作業をさせていただきました。

また、素敵なキャラデザとイラストを描いてくださったひだかなみ様。太ましい設定の主人公を、こんなにも可愛《かわい》く描いてくださりありがとうございました。ハムスターのようなカバーイラストのデブリトニーに癒《いや》されます。

コミカライズを担当してくださった花野リサ様。可愛いブリトニーと素敵なリュゼお兄様をありがとうございます。ニマニマしながら楽しんでおります。

最後に、ネットでこの作品を読んで応援《おうえん》してくださった読者様、本書を読んでくださった皆様《みなさま》に心から感謝いたします！

少々厳しい家庭で育ちまして、少女時代はオタクな趣味《しゅみ》を全否定されつつ、でも好きだからやめられず、悶々《もんもん》とした日々を送っておりました。

そんな中で、次第《しだい》に周囲の反感を買わない読書に没頭《ぼっとう》していくようになり、その結果……

気の赴《おもむ》くままネット上で妄想《もうそう》を垂れ流し続ける、立派な大人（？）になりました！

グフフフフ！

これからも、たくさん好きなものに関わって生きていきたいです。

桜あげは

番外編

白豚令嬢、合同トレーニングに参加する

早朝から野太い声がハークス伯爵家《はくしやくけ》の庭に響《ひび》く。その中心には、年配の兵士や護衛の姿があった。

まだ空は暗く、朝の早い使用人たちが活動し始めた頃《ころ》だ。そんな中、運動着に着替《きが》えた私も彼《かれ》らに交ざって体操をしていた。

護身術を極《きわ》めるには、基礎《きそ》体力向上は必要不可欠。いくらか弱い令嬢のための護身術といえども、体力がなさすぎれば護《まも》れるものも護れない。今の私なんて問題外だった。

（誘拐《ゆうかい》されて、丸一日慣れない環境下《かんきようか》に置かれただけで、熱が出ちゃうくらいだし）

儚《はかな》い美少女ならともかく、ひ弱なデブなんて誰《だれ》もありがたがってくれない。早急《さつきゆう》に体力をつける必要があった。

「では、ブリトニー様には、我々の体力づくりトレーニングを伝授しましょう！　我々が編み出した、究極のトレーニング。その名も、『爺《じじ》ぃズ・ブートキャンプ』ですぞ！」

言い出すなり、準備をし始める年配兵士一同。次々に他の兵士も合流した。若い兵士に交じってリュゼもやって来る。

「おはよう、ブリトニー」

「リュゼお兄様!? おはようございます、早起きですね」

「うん。仕事の前に、体を動かしたかったから。今日は、『爺ぃズ・ブートキャンプ』をすると聞いて……やっぱり運動には、これが一番だよね」

「一番なの!?」

このトレーニング、何気に知名度が高いようだ。

「ブリトニー、ブートキャンプは初めてだよね？ ま、頑張《がんば》って？」

リュゼは、私にいい笑顔《えがお》を向けた。嫌《いや》な予感がビンビンする。こうして、ブートキャンプは始まった。

ちなみに、この世界には音楽をかける機械など当然ないわけで。ブートキャンプの合間には、野太い兵士たちの掛《か》け声《ごえ》が響く。

「ひいっ、く、苦しい！」

序盤《じょばん》から体を動かせなくなり、すぐに地面にへたり込む。涼《すず》しい顔でトレーニングを続ける従兄《いとこ》が信じられない。ブートキャンプ初日、私はあえなく途中《とちゅう》リタイヤした。

ようやく、最初にリュゼが言っていた言葉の意味を理解する。

（くそ、リュゼお兄様め！ 初めから、こうなることがわかっていたんだな）

しかし、なんだかんだ言いつつ、動けない私の世話を焼く彼に文句は言えない。

リュゼは私を木陰《こかげ》に運び、汗《あせ》を拭《ふ》き、水まで飲ませてくれた。過保護、ここに極まれり。

「うう、悔《くや》しいです。半分もいかないうちにバテてしまいました……面目《めんぼく》ない」

フラフラした足取りのまま、私は屋敷《やしき》へ敗走する。リュゼに抱《かか》えられ、部屋へ運ばれた私は、自分の情けなさにがっくりと肩《かた》を落とした。

「お兄様、申し訳ありません」

従兄がわざわざブートキャンプに参加したのは、私がこうなることを見越《みこ》してのことだったのだ。彼は私を慰《なぐさ》めるように、髪《かみ》をわしゃわしゃと撫《な》でる。

「移動のついでだし、問題ないよ。今日は重要な仕事もないし、昼前にリカルドが来るから、それまでゆっくりするといい」

「はい、ありがとうございます。けれど、リカルドが来るというのは初耳ですね」

「お祖父様《じいさま》から聞いていない？　彼が数日間泊《と》まっていくことも？」

私が研究室にこもって、新商品の開発をしていたせいかもしれない。

メイドが客室を調《ととの》えていたことなども見落としていた。

「お祖父様は、最近物忘れが多いみたいだね。とにかく、そういうことだからよろしく」

ポンポンと私の肩を叩《たた》いた従兄は、そう言い残して部屋を去って行く。

(大変だ、準備しなきゃ)

私は大急ぎで温泉へ走り、着替えてリカルドを出迎《でむか》えた。

「リカルド、久しぶり！」

屋敷を訪《おとず》れた元婚約者《こんやくしゃ》は、以前見た時より少しだけ逞《たくま》しくなっていた。

具体的には少し筋肉がつき、日焼けしたように見える。アスタール伯爵が手紙に書いていた通り、日々鍛錬《たんれん》をしていたのだろう。

まだ夏休みなので、リカルドは王都ではなくアスタール伯爵領に滞在《たいざい》しているのだ。

「ブリトニー、元気そうだな」

屈託《くったく》のない笑《え》みを浮《う》かべるリカリドを見て、こちらも自然と口元が緩《ゆる》む。

「あなたの方も、元気そうでよかった。どうぞ、ゆっくりしていってね」

昼前に到着《とうちゃく》したこともあり、リカルドには昼食が振《ふ》る舞《ま》われる。この世界では、日本と同様で三食の食事をとることが多い。

祖父とリュゼも揃《そろ》っての昼食の時間。ハークス伯爵家のコックが腕《うで》によりをかけたメニューが食卓《しょくたく》に並んだ。

これらは、過去のブリトニーが散々厨房《ちゅうぼう》に押《お》しかけて提案した料理の数々で、現在はアレンジが加えられ品数も増えている。記憶《きおく》が戻《もど》った後、コックの方から私へ料理に対する意見が欲《ほ》しいと連絡《れんらく》があったのだ。前世の知識を取り入れつつ、この世界の料理人に任せて完成したのが、今のハークス伯爵家の食事である。

「美味《うま》い……なんだ、これは。うちの領地にも、王都にもない料理だな」

リカルドも満足そうな様子で、次々に料理を口へ運んでいる。育ち盛《ざか》りだからだろうか、減り具合が半端《はんぱ》ない。

「よく食べるね、リカルド。毎日それだけ食べているのに、太らないのが羨《うらや》ましいよ」

「そうか？　いつも、こんなものだが。最近は訓練量が多いからかもな」

「そういえば、アスタール伯爵からお祖父様への手紙に、リカルドが剣《けん》の修行《しゅぎょう》ばかりしていると書いてあったね」

「ああ、俺《おれ》は強くなりたいから。そういうブリトニーも、護身術を習っていると聞いたぞ」

リカルドの父親と私の祖父は、お互《たが》いになんでも知らせ合っているらしい。

「うん、今日からハードな体力トレーニングも始めたの。全くついていけないけれど」

話していると、リュゼも会話に交じった。

「よければ、リカルドも参加してみるかい？」

リュゼの誘《さそ》いを受け、リカルドは目を輝《かがや》かせる。

「ああ、参加してもいいのならぜひ。噂《うわさ》に聞くハークス伯爵領の訓練だろう？」

「そうだよ。これについてこられたら、どこでも騎士《きし》や兵士としてやっていけるはずさ」

リュゼの話を聞いて、私は目をむいた。

（え……これって、そんなにガチな訓練だったの⁉）


翌日も、早朝から『爺ぃズ・ブートキャンプ』が始まった。もちろん、リカルドも早起きして参加している。リュゼも一緒《いっしょ》だ。

始まって数分後に早くも苦しくなってきたが、そんな私を隣《となり》にいるリュゼが応援《おうえん》してくれる。反対側では、リカルドも一緒に運動していた。

「ブリトニー、体の力を抜《ぬ》け。余計な体力を奪《うば》われるぞ」

「そう言われても……うう、自分の貧弱《ひんじゃく》さが情けない」

「繰《く》り返《かえ》せば、だんだんついていけるようになるはずだ。そういう俺も、キツイけどな」

励《はげ》まされつつ運動していると、昨日よりは長時間続けられる気がしてきた。初心者仲間がいると心強い。

しかし、やはり限界はやってきた。

「うう、ギブ……」

「大丈夫《だいじょうぶ》？」

近づいてきたリュゼが、私の前に屈《かが》んで顔を覗《のぞ》き込《こ》む。

「……お兄様、申し訳ありません。本日もリタイヤです」

そう言い残し、私はガクリとその場に膝《ひざ》をついた。

ちなみに、リカルドもあと少しというところで力尽《ちからつ》きている。かなり悔しそうだ。

「くっ……アスタール伯爵領では、こんなことはなかったのに。さすが、ハークス伯爵領。鍛錬の厳しさが桁違《けたちが》いだ」

ブートキャンプが終わった後、私とリカルドは二人揃って落ち込んでいた。

「ここで挫《くじ》けるわけにはいかない……！」

「うん、そうだよね。私も、負けない！」

いつしか、二人の間に謎《なぞ》の連帯感が生まれた。

できないままなのは悔しいので、一緒にブートキャンプ対策を講じる。

私たちは、空き時間を使って、庭でさらなるトレーニングに励んだ。

「ブリトニー、また力みすぎているぞ。肩の力を抜け……」

そう言って、リカルドが私の肩に触《ふ》れる。

整った顔と緑色の瞳《ひとみ》が近づくと、目の保養だと思うと同時に少し落ち着かない気分になった。美少年相手に、ドギマギする自分が情けない。

そんな考えを振《ふ》り払《はら》い、私も彼に声をかける。

「そういうリカルドも、腕に力を入れすぎじゃない？」

強張《こわば》りが解けるようにと腕に触れると、リカルドがびくりと全身を震《ふる》わせた。

「どうかした？」

「い、いや、なんでもない」

リカルドの頬《ほお》が少し赤く染まっているのは気のせいだろうか？

「ほら、足もプルプルしているじゃない」

「それは、力が入っているからじゃなく。うあっ、ブリトニー、いきなり触《さわ》るのはやめろ」

「力みすぎて、背中も曲がっているよ？」

「うわぁぁっ！」

注意すればするほど、リカルドの体勢が崩《くず》れていく。相当疲労《ひろう》が溜《た》まっているのかもしれない。または、体調が悪いかだ。

「もしかして、熱があるのに無理をしているとか？」

「ち、違う！　こ、これは……！」

挙動不審《ふしん》になって高速でスクワットを始めるリカルド。具合が悪いわけではなさそうだ。

「一体どうしたの？」

「お前、わざとだろ？　絶対に、わざとだろう⁉」

「よくわからないけれど、明日こそ最後までやり遂《と》げようね！」

私とリカルドは、熱い友情の握手《あくしゅ》を交《か》わす。

顔を赤くしたままのリカルドは、どこか疲《つか》れた様子で私の手を握《にぎ》り返した。

翌日もブートキャンプには失敗したが、諦《あきら》めることなく鍛錬を続ける。

一人ではないから、まだまだ続けようという気になれた。

「リカルド、リュゼお兄様にいいマッサージ方法を教わったから、やってあげる。放っておくと、筋肉痛で動けなくなるよ？」

「マッサージ⁉　いや、いい、俺は大丈夫だ！」

「遠慮《えんりよ》しなくていいよ？　お祖父様にもやってあげたことがあるし、ハークス伯爵領産のオイルも用意したし。手足だけでも、しておいたら？」

「……!?」

真っ赤な顔で逃《に》げ出《だ》そうとするリカルドを捕獲《ほかく》し、近くの長椅子《ながいす》に寝《ね》かせてマッサージを決行する。筋肉痛が発生すれば、明日のトレーニングに響いてしまう。

足の先端《せんたん》から心臓にかけて緩くゆっくりと撫でていく。

この時、力を入れすぎてしまえば逆効果になるので、あくまで弱くマッサージするのが良い。

相当疲れが出ていたのか、リカルドは始終ピクピク痙攣《けいれん》していた。

「ブリトニー。まさか、リュゼにも同じマッサージをして……いや、なんでもない」

「あの人は、自分で全部やっちゃうから、私は何もしていないよ。体力が妖怪《ようかい》並みだし、筋肉痛も起こさないから、そもそもする必要もないみたいだけれど。リュゼお兄様がどうかしたの？」

「な、なんでもないんだ！　聞いてみただけだから！」

慌《あわ》てて首を横に振るリカルドは、どんどん挙動不審になっていく。

（お兄様を参考にしたかったのかな……？）

確かに、あの体力は羨ましい。

リカルドも私と同じように、リュゼの身体能力に憧《あこが》れているのだろう。

さらに数日が経過し——ついに、私たちはブートキャンプを達成した。

「ビ、ビクトリー！」

勝利の雄叫《おたけ》びをあげ、私は地面に仰向《あおむ》けに倒《たお》れる。リカルドも同様だ。

年配兵士たちも歓声《かんせい》をあげつつ駆《か》け寄《よ》ってくる。

少し離《はな》れた柱の陰《かげ》に、感涙《かんるい》を拭《ぬぐ》う祖父の姿もあった。

（お祖父様、ずっと覗いていたのね）

余裕《よゆう》で全メニューをこなしたリュゼも、青い目に優《やさ》しげな光を湛《たた》えて近づいてくる。

「リカルドもブリトニーも頑張ったね、お疲れ様。でも、これで終わりじゃないよ？　毎日続けてこそのトレーニングだから」

言っている内容は鬼畜《きちく》だった。

「そ、そうだよね。私たちのブートキャンプは始まったばかり」

だが、確実に効果は出ている気がする。数日前と比べ、明らかに体が引《ひ》き締《し》まっているのだ。

「ブリトニーの言う通りだな。俺は領地に戻らなければならないが、帰ってもこのトレーニングを続けようと思う」

「そっか、離れていても一緒に頑張ろうね」

私たちは互いに両手を取り合って約束した。

そうして、リカルドが帰った後も努力を続けた結果、私の体重は当初の目標である四十キロを無事クリアしたのである。

（リカルド、びっくりするかな？）

痩《や》せた姿で彼に会うのは、まだ先の話。

■ご意見、ご感想をお寄せください。
《ファンレターの宛先》
〒102-8078 東京都千代田区富士見 1-8-19
株式会社KADOKAWA ビーズログ文庫編集部
桜あげは 先生・ひだかなみ 先生

ビーズログ文庫

■本書の内容・不良交換についてのお問い合わせ。
エンターブレイン カスタマーサポート
電　話：0570-060-555
（土日祝日を除く 12:00～17:00）
メール：support@ml.enterbrain.co.jp
（書籍名をご明記ください）

◆アンケートはこちら◆
https://ebssl.jp/bslog/bunko/enq/

転《てん》生《せい》先《さき》が少《しょう》女《じょ》漫《まん》画《が》の白《しろ》豚《ぶた》令《れい》嬢《じょう》だった

桜《さくら》あげは

2018年 4月13日 初刷発行

発行者　三坂泰二
発行　株式会社 KADOKAWA
〒102-8177 東京都千代田区富士見 2-13-3
（ナビダイヤル）0570-060-555　URL:https://www.kadokawa.co.jp/
デザイン　伸童舎
印刷所　凸版印刷株式会社

ISBN978-4-04-735030-4 C0193

定価はカバーに表示してあります。

画は花野リサ先生♪
s-LOG COMIC とComicWalker内「Flos comic」にて
コミカライズ好評連載中!!
https://comic-walker.com/flos/
最新情報は、B's-LOG COMIC 公式 HP
Twitter(@comibi) をチェック♥

ビーズログ文庫

なんちゃってシンデレラ
シリーズ
偏食夫を幼妻
(でも中身は33歳)が餌付け!?
王太子の胃袋つかみます!
大好評発売中!
王宮陰謀編
① 異世界で、王太子妃はじめました。
② 旦那様の専属お菓子係《パティシエール》、はじめました。
③ なんちゃってシンデレラ、はじめました。
王都迷宮編
① 後宮で、女の戦いはじめました。
② 下町で、看板娘はじめました。
③ 異世界で、王妃殿下はじめました。
汐邑雛《しおむらひな》
イラスト/武村《たけむら》ゆみこ
12歳のお姫様に転生してしまった麻耶(33歳職業パティシエール)は、この世界で命を狙われていた!! 身を守るためには夫と仲良くしなければならず!?

ビーズログ文庫
身代わりの条件は――靴にキス!?
本物より苛烈!
こんな高慢令嬢見たことない!!
ビーズログ文庫×カクヨム
恋愛小説大賞
大賞受賞作!
令嬢エリザベスの華麗なる身代わり生活
Mashimesa Emoto presents
江本《えもと》マシメサ
イラスト/雲屋《くもや》ゆきお
①～②巻
好評発売中!

妹にそっくりだからと腹黒シルヴェスターに公爵令嬢の身代わりを頼まれたエリザベス。堅物ユーインとの婚約パーティーに臨むが……!?

ビーズログ文庫

普通の大学生だった私、水上桜。異世界トリップしたら美形軍人さんのベッドの上で、おいしく食べられちゃって……!?

①、②巻
好評発売中!